La Dame Rouge 1

Karl PEKAR

(Vasquez regardait demain nous appartient)

(Vasquez vit qu'il y avait la Dame blanche à la télé)

Vasquez :

Il y a la dame blanche qui fait des accidents de la route.
La dame rouge… Ho attends une petite minute, la dame
blanche… mais j'ai un tee-shirt rouge… la Dame rouge…
Je suis parfait pour ça hein !!! Moi-même… AAAA mais
maintenant c'est l'heure de dormir.

(Vasquez dormit)
(Vasquez rêva)
(Vasquez voit la dame blanche)

La dame blanche :

Va faire la dame rouge !!! Fais ton rôle !!! D'accord, allez
va, va faire ton rôle de la dame rouge vue que c'est ton
rêve. Réveille-toi !!

(Vasquez se réveilla)

Vasquez :

Je commence ce soir.

Jérémy dit en criant :

Vasquez va préparer le petit déjeuner s'il te plaît !

Vasquez :

D'accord Jérémy !
(Vasquez alla dans la cuisine)
(13h plus tard)

Jérémy :

Bonne nuit Vasquez.

Vasquez :

Bonne nuit Jérémy.

(Jérémy monta)
(12 h plus tard)
(Tout le monde dormait)
(Vasquez se leva)
(Il chercha dans son placard)
(Il trouva une cape rouge comme dans Fort boyard du père Fourrasse)

Vasquez :

C'est parfait ✌ .
(Vasquez mit la cape rouge avec la capuche)
(Vasquez partit en douce en passant par la fenêtre mais il ne passait pas...)
(Vasquez réfléchit)
(Vasquez sortit par la porte 🚪 de sa chambre 🛏)
(Il marcha doucement)
(Vasquez descendit les escaliers)
(Vasquez vit la porte d'entrée)
(Vasquez arriva à la porte 🚪 d'entrée)
(Vasquez partit de la maison 🏠)
(Vasquez vit une voiture 🚗)
(Vasquez traversa la route)

(Le boudi en voulant l'éviter, fit un accident et mourra en détruisant une maison 🏠)

(Vasquez partit)

(Vasquez partit en ville)

(10 minutes plus tard)

(Vasquez voit plein de voitures 🚗 🚙)

(Vasquez traversa la route)

(Un bus essaya de l'éviter… Il y eut 53 boudis morts)

(Vasquez alla dans une station ⛽ service)

(Vasquez tua le vendeur)

(Vasquez cabriola le magasin 🏪)

(Vasquez prit tous les objets de valeur du magasin 🏪 et partit)

(Vasquez rentra à la maison)

(10 minutes plus tard)

(Vasquez arriva à la maison)

(Vasquez monta les escaliers)

(Vasquez alla dans sa chambre 🛏️)

(Le lendemain matin)

(Jérémy descendit les escaliers)

Jérémy :

Coucou 👋 Vasquez.

(Maman Vasquez et Papa Vasquez descendirent à leur tour les escaliers)

Maman Vasquez :

Je n'ai pas regardé les infos du matin c'est très intéressant.

Jérémy :

Pour les vieux, mais si c'est intéressant je veux bien.

Papa Vasquez :

Je veux regarder aussi.
(Vasquez descendit)
(Vasquez bailla)

Vasquez :

Bonjour 🤝 tout le monde, comment ça va ? Ho, je suis épuisé et vous ?

Jérémy :

Non et toi maman.

Maman Vasquez :

Viens Vasquez regarde ça.

Vasquez :

Les infos ?

Maman Vasquez :

Oui, assieds-toi et regarde mon chéri et toi aussi Jérémy.

Jérémy :

Ho merci maman 🦉 .
(Vasquez s'assit sur le canapé)
(Jérémy aussi s'assit sur le canapé)

La télé :

Hier soir, il y a eu un attentat de 53 boudis en ville et des gens disparurent. On suspecte que cet attentat a été perpétré par une personne, un homme qui se fait appeler la dame rouge. Il se promène la nuit 🌆 en ville à Strasbourg dans toute les rues. Donc bonne journée au revoir. Et j'oubliais aussi à Haguenau il y a eu une disparition de 6 personnes la nuit 🌆 dernière. Bonne journée au revoir à très bientôt 🔜 ... au revoir. Et aussi faîtes très attention la nuit. Dès maintenant il y a un couvre-feu à partir de 19:30 à part pour les urgences. Et maintenant, vous ne pouvez plus entrer en Alsace. Maintenant c'est le vrai au revoir à très bientôt - au revoir.

(15 h plus tard)

(C'était là nuit)

(Vasquez s'habilla)
(Vasquez partit)
(Vasquez vit une voiture, traversa la route)
(Vasquez montra sa tronche)
(Le boudi effrayé par la tronche de Vasquez, fit un accident et mourra)
(Vasquez partit)
(Vasquez alla dans la forêt 🌲)
(Vasquez vit 6 boudis)
(Vasquez tua les boudis)
(Vasquez partit)
(Vasquez cambriola une maison dans le coin)
(Le propriétaire de la maison 🏠 se leva)
(Le propriétaire de la maison alla voir à la fenêtre)

(Le propriétaire de la maison vit la tronche de Vasquez sans sa capuche)

Le propriétaire :

IIIIIIIIIIIIIIIIIIIIIIIIIIIIIIIIIIIIIIIIIIIIIIIIIIIIIIIIIIIIIIIIIIIIIIIIIIIIIIIIIIIIIIIIIIIIIIIIIIIIIIIIIIIIIIIIIIIIIII
IIIIIIIIIIIIIIIIIIIIIIIIIIIIIIIIIIIIIIIIIIIIIIIIIIIIIIIIIIIIIIIIIIIIIIIIIIIIIIIIIIIIIIIIIIIIIIIIIIIIIIIIIIIIIIIIIIIIIII
IIIIIIIIIIIIIIIIIIIIIIIIIIIIIIIIIIIIIIIIIIIIIIIIIIIIIIIIIIIIIIIIIIIIIIIIIIIIIIIIIIIIIIIIIIIIIIIIIIIIIIIIIIIIIIIIIIIIIII
IIIIIIIIIIIIIIIIIIIIIIIIIIIIIIIIIIIIIIIIIIIIIIIIIIIIIIIIIIIIIIIIIIIIIIIIIIIIIIIIIIIIIIIIIIIIIIIIIIIIIIIIIIIIIIIIIIIIIII
IIIIIIIIIIIIIIIIIIIIIIIIIIIIIIIIIIIIIIIIIIIIIIIIIIIIIIIIIIIIIIIIIIIIIIIIIIIIIIIIIIIIIIIIIIIIIIIIIIIIIIIIIIIIIIIIIIIIIII
IIIIIIIIIIIIIIIIIIIIIIIIIIIIIIIII !!!!!!!

(Vasquez partit mais vola le portefeuille du propriétaire)

Le propriétaire :

Mon portefeuille 🪶 il est où ? ho la dame rouge c'était luiiiiiii !!!!!

(Vasquez alla au poste 🏤 de police 🚨)
(Les policiers voit Vasquez)

Un policier 👮 :

C'est la dame orange 💄 .

Vasquez :

Mais non débilos, je suis la dame rouge !!! Oh d'accord, Oh d'accord bye bye.
(Vasquez partit)

Un policier 👮 :

Attends !!! Je n'en crois pas mes yeux !!!! O.M.G !!!!! et aussi C.O.R comme connard et même la Dame jaune n'existe pas non, non ça n'existe pas iii ??

(Vasquez voit un enfant 👶 tout seul)

L'enfant :

Bonjour IIIIIIIIIIIIIIII À l'aaaaaaaiiiiiiiiiiiiiideeeeeeeeeeee.
(Vasquez partit)
(Vasquez marcha dans la rue)
(Vasquez rentra chez lui)
(Jérémy voit La dame rouge 🪦)

Jérémy dit en criant :

IIIIIIIIIIIIIIIIIIIIIIIIIIIIIIIIIIIIIIIIIIIIIIIIIIIIIIIIIIIIIIIIIIIIIIIIIIIIIIIIIIIIIIIIIIIIIIIIIIIII
IIIIIIIIIIIIIIIIIIIIIII maman, papa il y a la dame rouge !!!

(Vasquez vint vers Jérémy)
(Vasquez tua Jérémy et partit)
Jérémy :
Je ne suis pas mort.
(Maman Vasquez et Papa Vasquez voient le corps de Jérémy par terre)
(Maman Vasquez et Papa Vasquez pleurèrent)
(Vasquez rentra mais d'abord il se déshabilla et mit son déguisement dans un sachet en plastique)
(Le lendemain matin)
(Vasquez se réveilla)
(Vasquez va dans le salon)
(Maman Vasquez essaya de se suicider)
(Papa Vasquez l'arrêta)

(Maman 🧍 Vasquez tomba de la fenêtre et mourut)
(Papa Vasquez pleurait)
(Jérémy pleurait aussi)
(Maman Vasquez revint)

Maman Vasquez :

Mon chéri, mon amour, je ne vous aurais jamais abandonnés et toi aussi Vasquez bien-sûr.

(Maman Vasquez, Papa Vasquez, Jérémy et Vasquez se faisaient un câlin)

Vasquez :

Je vous aime 😍 tous, vous savez.
(Vasquez se mit sur le canapé et regarda les infos)

La télé :

Bonjour tout le monde ! Hier, il y a eu 6 boudis retrouvés dans la forêt !!! C'est possible 🧐 !!! Même sûr que ça vienne de la dame rouge 🧍 qui vient aussi cambrioler vos maisons 🏠, voler vos portefeuilles et même vous tuer. La ville n'est pas sûre même vers la Cathédrale de Strasbourg… ce n'est même pas sûr… Par peur, tout le monde est en train de déménager… Au revoir, c'est la fin bonne journée. Au revoir, c'est la fin. Bon ben, moi, je vais aussi faire mes bagages et déménager… Adios amigos… même si je ne sais pas ce que cela veut dire… mais j'ai vu ça dans un film… Au revoir…

Vasquez :

Bon ben, il faut quand même rester ici non ?

Maman Vasquez :

Non, on va aller en Allemagne.

Vasquez :

D'accord 🍺 , je fais mes bagages 🧳 faits en même pas une seconde.

Maman Vasquez :

On part maintenant.

Jérémy :

D'accord.
(Vasquez, Maman Vasquez, Jérémy, Papa Vasquez
    partirent dans la voiture)
(Papa Vasquez démarra la voiture 🚐)
(Papa Vasquez, Maman Vasquez, Vasquez et Jérémy
    partirent pour l'Allemagne)

Jérémy :

J'ai hâte d'être arrivé et en parlant d'être arrivé on arrive dans combien de temps ?

Papa Vasquez :

Dans euh euh euh euh euh euh euh… dans j'en sais rien… Ah oui, c'est vrai dans an an an an an an an an an an an an an an an an an an an an an an an 10 minutes à peu près… j'en sais rien.

Vasquez dit en criant :

Oui c'est genial
ouiiiiiiiiiiiiiiiiiiiiiiiiiiiiiiiiiiiiiiiiiiiiiiiiiiiiiiiiiiiiiiiiiiiiiiiiiiiiiiiiiiiiiiiiii
iiiiiiiiiiiiiiiiiiiiiiiiiiiiiiiiiiiiiiiiiiiiiiiiiiiiiiiiii

liiiiiiiiiiiiiiiiiiiiiiiiiiiiiiiiiiiiiiiiiiiiiiiiiiiiiiiiiiiiiiiiiiiiiiiiiiiiiiiiiiiiiiiiiiiiii
iiiiiiiiiiiiiiiiiiiiiiiiiiiiiiiiiiiiiiiiiiiiiiiiiiiiiiiiiiiiiiiiiiiiiiiiiiiiiiiiiiiiiiiiiiiiiii
iiiiiiiiiiiiiiiiiiiiiiiiiiiiiiiiiiiiiiiiiiiiiiiiiiiiiiiiiiiiiiiiiiiiiiiiiiiiiiiiiiiiiiiiiiiiiii
iiiiiiiiiiiiiiiiiiiiiiiiiiiiiiiiiiiiiiiiiiiiiiiiiiiiiiiiiiiiii.

Maman Vasquez dit en criant :

Arrête maintenant Vasquez.

Vasquez :

Conasse !!!
(Maman Vasquez fouta Vasquez dehors et continua la
    routine)
(Jérémy pleura)
(4 minutes plus tard)
(Ils étaient arrivés)
(Maman Vasquez ouvrit la porte - là où était Jérémy)
(Jérémy avait disparu)
Maman Vasquez :
Chérie !!! bouge tes fesses dans la voiture Jérémy a
    disparu !
(Vasquez voit Jérémy)

Jérémy :

Vasquez.

Vasquez :

Jérémy.

(Vasquez et Jérémy coururent et se firent un câlin)

Jérémy :

Vasquez je t'aime 😍 de tout mon cœur.

Vasquez :

Moi aussi Jérémy.

Jérémy :

Mais où sommes-nous Vasquez ?

Vasquez :

Je ne sais pas.

Jérémy :

Moi non plus.

Vasquez :

Abonnement.

Jérémy :

Quoi ?

Vasquez :

Je ne sais pas mais bon… ce n'est pas grave… De toute façon, on va bien trouver un jour un logement non, hein Jérémy ?

Jérémy :

Je ne sais pas Vasquez.

Vasquez :

Ne t'inquiète pas Jérémy Vasquez est là.
(Jérémy voit quelque chose dans la poche de Vasquez)

Jérémy :

C'est quoi dans ta poche Vasquez un, un, un ; Vasquez dis le moi tout de suite Vasquez, dis le moi !!! Je ne dirais rien !! Promis juré Vasquez, je peux même cracher si tu veux.

Vasquez :

Ça va aller. Je t'aime Jérémy.

Jérémy :

Moi aussi Vasquez.
(5h plus tard)
(Il faisait nuit 🌃)
(Vasquez avait un couteau)
(Jérémy voit Vasquez avec un couteau)
(Jérémy courut)
(Vasquez le suivit en marchant)
(Jérémy vit une voiture)
(La voiture l'écrasa)
(Vasquez partit)
(Papa Vasquez voit Vasquez qui courait)
(Vasquez rentra dans la maison 🏠)
(Vasquez alla voir Papa Vasquez)

Papa Vasquez :

Vasquez, mais où tu étais ?

Vasquez :

Ne parlons pas, allons voir maman 🦉 Vasquez, elle nous manque.

Papa Vasquez :

D'accord je veux bien.
(Maman Vasquez se réveilla)
(Elle était à l'hôpital)
(Elle vit la Dame rouge)

Maman Vasquez :

A l'aide au secours à l'aide.
(Papa Vasquez courut)
(Papa Vasquez arriva)
(Elle était morte)
(Papa Vasquez voit le masque de la dame rouge par terre 👾)
(Papa Vasquez pleura)

Papa Vasquez dit en pleurant :

Ma femme 🙍 je t'aime.
(Papa Vasquez partit dans la voiture)
(Papa Vasquez vit la Dame rouge)
(C'était la dame rouge)
(Papa Vasquez eut un accident)
(Papa Vasquez se fit kidnapper)
(Le lendemain matin)
(Germaine, la voisine, alla à la police)
Germaine :

Bonjour, il y a mes voisins qui ont disparu hier soir. Vous croyez qu'ils vont mourir ?

La police :

Je ne sais pas.

Germaine :

Ça se pourrait.

La police :

Vous êtes en garda à vue parce que vous êtes suspectée d'être la dame rouge ou même coupable ou peut-être même pas coupable.

Germaine :

Non, c'est pas vrai même si je me promène la nuit... En plus, je pensais qu'elle était en Allemagne.

La police :

Et ben, non on dirait pas.
(Germaine partit)

La police :

Enfin, elle est partie... bon allez, réfléchissons... Maman Vasquez a été tuée à l'hôpital donc elle est morte 💀 et j'abandonne... au revoir.

(Germaine alla au commissariat)

Germaine :

Ouais c'est ça !

La police :

Ouais c'est ça maintenant !!! cassez-vous !!!

Germaine :

D'accord au revoir.

La police :

Ouais c'est ça.
(Germaine partit)
(La police voit Vasquez)
(La police sortit et arrêta Vasquez)
(Vasquez mordit et attacha le policier 👮 et il partit)
(Le policier prit son talky-walky)

Le policier :

Venez toute de suite !!! La dame rouge est partie allo
allo ?

(Le frère de Jeff, le meilleur pote de Vasquez, prit un
soda 🥤)

Le frère Jeff :

Salut 👧 meuf, meuf de dingue.

Vasquez :

Et ho !!! c'est ma phrase meuf, alors la ferme crétin... pff
fils de pute et de gigolo.
(Vasquez alla à la cuisine)
(Vasquez revint avec le sabre de samouraï japonais de
Jeff)

Le frère de Jeff :

Mais qu'est-ce-que tu fais mec ?

Vasquez :

Je me venge.

Le frère de Jeff :
Mais te venger de quoi mec ?

Vasquez :

De ce que tu m'as fait YAAAAAA.
(Vasquez embrocha le frère de Jeff avec le sabre)
(Le frère de Jeff tomba et agonisait sur le sol et finit par
    mourir)
(Vasquez remis le sabre de samouraï Japonais chez
    Germaine)
(La police débarquant chez Germaine et l'arrêta)

La police :

Vous êtes arrêtée pour avoir tué Maman Vasquez.
(20 minutes plus tard)
(Germaine était derrière les barreaux)
(Gerber, le mec de Germaine, vint avec un bouquet de
    fleurs)

Germaine :

Au merci mon choux 🌫 .

Gerber :

De rien ma douce.

Un policier :

C'est terminé, pars maintenant.

Gerber :

D'accord au revoir ma Douce.
(Gerber partit)
(Il était 23 h)
(Gerber marchait pour aller dans la voiture 🚙)
(Il arriva à la voiture)
(Il est dans la voiture)
(Il partit)
(Il voit la Dame rouge 🗿)
(Il sortit de la route et fit un accident)
(La dame rouge le kidnappa)

Gerber :

Mais qu'est-ce-que tu fais ? Arrêtez maintenant !
Lâchez-moi !

Vasquez:

Je vais vous assommer.

Gerber :

Quoi ?
(La dame rouge l'assomma)
(La dame rouge le mit dans la voiture et partit)
(Le lendemain matin)
(Papa Vasquez se leva mais il n'y avait plus Jérémy)

Papa Vasquez :

Jérémy ! Où tu es !

Jérémy IIIII !

Vasquez :

La ferme crétin !
(Papa Vasquez courut de toutes ses forces)
(Papa Vasquez arriva dans la chambre de Jérémy)
(Il vit Jérémy mort sur le lit et la dame rouge qui
    s'échappait)

Papa Vasquez :

Et ! Revenez !

Papa Vasquez :

Connard !
(Papa Vasquez partit de la maison et prit sa voiture pour
    poursuivre la Dame rouge ♟)
(Papa Vasquez vit que la Dame rouge se dirigeait vers la
    forêt 🐿 d'Haguenau et la suivit)
(Papa Vasquez s'arrêta et sortit de la voiture)
(La Dame rouge ♟ le prit et il mourut dans la soirée
    🕷)
(Le lendemain matin)
(Au poste de police)

Germaine :

Oui bonjour, je voudrais signaler une disparition.

Le policier :

Oui d'accord quand ça.

Germaine :

Hier soir il y a eu un meurtre de la Dame rouge et ce n'est pas la premier fois même en Allemagne. Même 🤩 un jour en Belgique, peut-être même à Mulhouse, même déjà peut-être à Paris où c'est pas moi mais vous allez vous en occuper j'espère bien. Et voilà déjà à Waterloo et Uccle et Bruxelles et en Islande, même au Brésil c'est comme des petits pains ; et aux États-Unis, au Groenland et même sur mont Fuji 🗻. Il tua en tout 1 million de personnes vous vous rendez compte quand même alors allez maintenant les retrouver.

La police :

D 'accord ont va rechercher avec nos informaticiens de la police de Strasbourg madame. On va faire une recherche à la police madame. On s'en charge, ne vous inquiétez pas même si on vous avait arrêté avant ⏱. On vous préviendra dès que possible madame.

Germaine en étant froide :

Hem ! Merci.

Le Policier :

Au revoir.

(Germaine partit)

(Le soir)

(Germaine marche au parc)

(Elle voit que Vasquez et Jeff sont alliés pour la Dame rouge ♟)

Vasquez :

Jeff on peut faire alliés.

Jeff :

Je pense que ça va marcher AAA.

(Elle courra)

(Elle arriva à s'en sortir de cette situation)

(Le lendemain matin)

Jeff :

Vasquez, regarde on leur a fait peur AA !!!

Vasquez :

Super !

Jeff :

On va conquérir le monde AAAA !

Vasquez :

Ho !! j'ai une super idée 💡 pour toi.

Jeff :

C'est quoi ?

Vasquez :

Soit la dame jaune !

Jeff :

Pas tout de suite AAA…

Vasquez :

D'accord.

Jeff :

Ho, j'ai tellement hâte…

Vasquez :

Ho moi aussi AAAAAA.

(Germaine alla au commissariat)

Le policier :

Encore vous ? Mais qu'est-ce qui se passe encore ? Un oignon dans votre patate iii ??

Germaine :

Non, ça c'est votre grammaire fils de pute !!!

Le policier :

Vous êtes en état d'arrestation madame !!!

Germaine :

Non, vous n'avez pas le droit.

(Germaine fut emprisonnée à la prison de Strasbourg)

Germaine :

Pourquoi moi ?

(le soir à Hautepierre)

(Un policier se baladait)

(Vasquez tua le policier)

Jeff :

Vasquez, je m'en suis occupé AAA.

Vasquez :

Parfait AAA.

Jeff :

Allez, on rentre avant que quelqu'un ne nous remarque AAA... OMG de ouf... AAA.... Allez on rentre.

(Le lendemain matin)

(Vasquez se leva)

Vasquez :

Salut les meufs 🐮 ! Ho oui, je les ai tués et kidnappés papa Vasquez.

(Vasquez sortit au MacDonald)

(Vasquez appela Jeff)

Vasquez au téléphone portable 🔢 :

Jeff, je vais prendre le MacDonald.

Jeff :

Super je peux venir.

Vasquez :

Non pas encore.

Jeff :

D'accord.

(Vasquez raccrocha)

Vasquez :

Bon bah, c'est l'heure de la pub. On se revoit après, salut.

La pub :

Vous rêvez d'avoir des belles vacances, allez à Fessenheim-le-bas et au printemps il y a des moutons. Allez-y dès maintenant … bonne journée au revoir. Bonne journée, au revoir à très bientôt !!!

Vasquez :

Alors ça plus grrrr… Alors je vais envahir la ville avec l'unité Gamma dame rouge juniors.

Jeff :

Et moi avec le FBJ (FBI de Jeff land) AAA.

Vasquez :

Je pense qu'on n'est près.

Jeff :

Moi aussi AAA.
(Vasquez et Jeff allèrent au MacDonald)

(Vasquez et Jeff déguisés en dame rouge et dame jaune)

Vasquez :

Les pattes en l'air tout le monde.
(Tous les boudis levèrent les bras en l'air)
(Vasquez et Jeff fermèrent le MacDonald)

Vasquez :

Chute. Donnez vos téléphones. Maintenant !
(Les boudis donnèrent leur téléphone)

Vasquez :

Parfait. En bas tout de suite !

Jeff :

On les tue.

Vasquez :

Non pas encore mais plus tard si la police ne nous donne
pas notre argent ouais on les tuera.

Jeff :

Je suis d'accord et on devrait faire ça chez Chanel, non ?

Vasquez :

Je suis d'accord 🐓 avec toi AAA.

Jeff :

Parfait AAA.

Vasquez en se la pétant :

Oui je sais.
(La police voit des boudis apeurés au McDonald)

La police :

Ouvrez ! maintenant !

Vasquez :

Non, hors de question et c'est la dame rouge et son assistant.

La police :

Ouvrez maintenant.

Jeff :

C'est quoi le mot magique.

La police :

S'il vous plait.

Vasquez :

T'es con ou quoi c'est un piège.

Jeff :

Ho d'accord AAA.

Papa boudi :

Est-ce qu'il va bien Vasquez vous l'avez retrouvé je suis son tonton.

La police :

D'accord.

Papa Boudi :

Merci !

La police :

Pas de quoi monsieur.
(Papa boudi partit)
La police :
Bonne journée au revoir.
(La nuit à Hautepierre)
(Vasquez et Jeff marchaient)
(Ils traversèrent la route)
(Un boudi fit un accident et mourut)
(Vasquez et Jeff rigolèrent comme des idiots et partirent
    en continuant)
(Le lendemain)
(Vasquez était dans sa chambre)
(Il se leva)

Vasquez :

Bonjour moi-même, je vais aller voir papa Vasquez.
(Vasquez partit de la chambre et alla au sous-sol)

Vasquez :

Bonjour papa Vasquez.

Papa Vasquez :

Mais pourquoi as-tu fais ça Vasquez !

Vasquez :

Parce-que je suis la Dame rouge ♟ .

Papa Vasquez en pleurant :

Mais pourquoi as-tu fais ça Vasquez.
(Vasquez partit)
(Vasquez se balada en ville à Strasbourg à la Cathédrale)

Vasquez :

Je vais me promener ici la nuit avec Jeff.
(La nuit à la place de la cathédrale de Strasbourg)
(Il y a 12 personnes)
(2 minutes plus tard)
(Il y a 5 personnes)
(Vasquez et Jeff déguisés)
(Jeff en jaune et Vasquez en rouge ♟)
(Vasquez et Jeff tuèrent 35 personnes en tout)
(Vasquez et Jef partirent)
(Jeff se fit arrêter par la police et Vasquez partit)
(Le lendemain matin)
(Vasquez se réveilla)
(Il alla dans le canapé)
(La sonnerie retentit)

Le Facteur :

J'ai un colis 📦 pour Vasquez.

Vasquez :

J'arrive tout de suite.
(Vasquez ouvra la porte et l'assomma)
(Le facteur se réveilla)
(Il était dans la cave)
(Il pleura)
(Le soir à Saint-Dié-des-Vosges)
(Un boudi attend à l'arrêt de bus)
(Il voit la dame rouge)
(La dame rouge le tua et partit)
(Le lendemain matin)
(Vasquez se réveilla)
(Il partit)
(Il alla à la gendarmerie)
(Vasquez arriva à la gendarmerie)

Vasquez :

J'ai vu la dame rouge.

Le boudi :

D'accord alors où et comment.

Vasquez :

À Fessenheim-le-bas à rue des champs.

Le policier :

Merci beaucoup.

Vasquez :

Avec plaisir au et aussi il y a Wissembourg allez cette nuit au sapin.

La police :

D'accord merci beaucoup.
(Cette nuit)
(La police était cachée dans une voiture)
(Ils voient quelque chose)
(Ils sortent de la voiture et sortirent lors pistolet)

Un policier :

Les bras en l'air maintenant !
(Vasquez partit)
(Les policiers courent après Vasquez)
(Un policier attrapa Vasquez)
(Vasquez le tua)
(Vasquez partit)
(Les policier le suivirent)
(Il alla à Siegen)
(à la rue Principale)
(La police était pour le moment à Seebach)

Un policier :

C'est beau l'Alsace quand même non.

Un autre policier :

Si si je trouve aussi.

Le dernier policier :

Moi je viens de Paris c'est là où je veux vivre, mais c'est avant de savoir que l'Alsace existe iii.

(Ils voient la dame rouge)
(Ils partent de la voiture et coururent)
(Vasquez partit)
(Vasquez prend un policier et pris un couteaux et pris encore son pistolet)

Les autres policiers disent en sortant leur pistolet :

Les Bras en l'air tout de suite.
(Vasquez leva les bras en l'air)

Vasquez :

Unités Gammas !

(Les unités Gammas tuèrent tous les policiers)

Vasquez :

Merci beaucoup l'unité Gamma a tué d'autres personnes dans le monde entier sauf en France ça je m'en occupe mais sinon occupez-vous des autres pays c'est un ordre mais si jamais ils m'ont eu je vous appellerai d'accord.

Unité Gamma :

D'accord.

Vasquez :

À tout de suite au et aussi maintenant c'est l'heure de la pub à tout de suite AAA.

La pub :

Vous ne voulez plus être dans le chaud ? Je comprends parfaitement vous savez ; allez dès maintenant à

Waterloo et vous voulez regarder un film mais vous ne savez pas lequel regarder ? Dès maintenant la Dame rouge 1 pour les 16+ salut et aussi parlez-en à vos amies et à vos amis salut.

Vasquez :

Alors ça vous a plu oui j'imagine alors maintenant j'ai l'unité Gama.

Unité Gamma :

On va partir.

Vasquez :

 Parfait AAA. Alors 2 en Russie, 3 en Chine, 8 au Brésil, 34 en Afrique le reste vous vous débrouillez tout seul d'accord ?

Unité Gamma :

D'accord Vasquez.

Vasquez :

Attendez mais c'est pas tout. Vous devez mettre un déguisement comme moi quand je fais la dame rouge ♟ .

Unité Gamma :

D'accord mais ne vous inquiétez pas on va aller dans tous les pays du monde là où il y a des habitations bien-sûr ; sauf la France et les îles françaises qui font parties de la France bien-sûr non.

Vasquez :

Si c'est parfait aller partez maintenant tout de suite.

(L'unité Gamma partit)

Vasquez :

C'est l'heure de mon envole.

(Il n'y avait plus personne)

(Le lendemain matin)

(Jeff se réveilla)

(Il se promena à Truchtersheim devant le restaurant Monster pizza 🍕)

(Vasquez partit de Truchtersheim et alla à Lyon)

(Vasquez arriva)

Vasque :

C'est moche Lyon non ? Oui j'ai raison mais c'était ma seule chance pour survivre.

(Vasquez marcha la nuit déguisé en dame rouge)

(Vasquez tua 2000 personnes)

(Le lendemain matin)

(Vasquez marcha à Monplaisir Rue de Saint-Fulbert)

Vasquez :

Ça change pas ici c'est toujours moche ici.

(Vasquez voit son visage sur une affiche recherche pour 1 million d'euros)

Vasquez :

Ouais c'est là classe.

(Vasquez rigola comme un idiot comme lui)

(Vasquez partit et alla au centre-ville de Lyon)

Vasquez :

C'est moche le centre-ville de Lyon et le reste aussi bien-sûr. Ils ont un musée de tissus IIIIII.

(Vasquez rentra dans le musée et voit une affiche qui dit que tous les objet valent plus de 2,5 millions)

Vasquez :

Ouais je vais cambrioler ce soir AAA.

(La nuit)

(Vasquez réussit à rentrer dans le musée et vola pour 1,5 millions d'euro)

(Vasquez partit)

(Le lendemain matin)

(Le directeur du musée voit que la moitié des objets avait disparu)

(Vasquez était dans son appartement de luxe à Lyon avec la moitié de la somme des objets chez lui)

Vasquez :

Je suis un génie AAAAA.

(Vasquez alla au balcon)

(Il voit un bouchon de voiture et rigola)

(Vasquez sortit dehors)

(Il était parti à Bo sushi)

Vasquez :

Je voudrais avoir les bon sushis s'il vous plaît .

Le serveur :

D'accord on va vous apporter ça le plus vite possible monsieur.

Vasquez :

Merci beaucoup à tout de suite.

(Le serveur alla chez d'autre client)

(Vasquez attend)

(Vasquez regard son 🔊 téléphone 🔢)

(5 minutes plus tard)

Le serveur :

Et voici vos plats monsieur.

Vasquez :

Merci beaucoup monsieur au revoir.

(Vasquez termina ses plats et paya et parti)

(Vasquez arriva à son appartement de luxe)

Vasquez :

je suis beau les meufs 🐮.

(Vasquez alla se coucher)

(7h plus tard)

(Vasquez se déguisa en dame rouge et parti la nuit)

(Vasquez alla au collège Louis Jouvet)

(Vasquez tua 12 personnes)

(Le lendemain matin)

(Vasquez se leva et s'habilla)

(Vasquez alla sur sa terrasse)

(Il voient des gens se révolter contre la dame rouge)

Les gens :

Mais c'est qui mais c'est qui mais c'est qui !

(Vasquez rigola)

Les gens :

C'est Vasquez c'est Vasquez c'est Vasquez.

(Vasquez appela son assistant)

(Il y avait son avion privé)

(Vasquez prend les œuvres avec lui)

Vasquez :

Adios les idiots !!!

(Vasquez parti)

L'assistant :

On va où maintenant Vasquez.

Vasquez :

Je pense que j'ai une petite idée AAA.

L'assistant :

Où ça Vasquez.

Vasquez :

À Montréal.

L'assistant :

D'accord direction le Canada 🍁 vu que vous êtes banni de la France à vie.

(2h plus tard)

Vasquez :

On n'est bientôt arrivé ?

L'assistant :

Oui.

Vasquez :

Génial 🦴 .

(Vasquez sorti de son avion privé)

(Vasquez voit sa sublime maison)

Vasquez :

Ouais ça j'aime 😍 .

(Vasquez alla dormir car il était cuit)

(Le lendemain matin)

(Macron boudi appela Justin Trudeau)

Macron :

Vous devez bannir Vasquez du Canada il a fait énormément de dégâts surtout en Alsace et il a même attaqué les autres pays sauf le Canada bien-sûr et on n'a pas su aussi qui faisait allié avec les talibans pour conquérir le monde entier. Alors ne faîtes pas de bêtise s'il vous plaît.

Justin Trudeau :

La ferme crétin !

(Justin Trudeau raccrocha au nez)

Macron :

On va y placer des espions.

Justin Trudeau :

Mais qu'est-ce qu'il fout celui-là !!! Mais qu'il fait chiez celui-là !!!

Macron :

On va faire une invasion.

(Macron appela ses espions)

Les espions :

D'accord on y va.

(Les espions sont partis au Canada)

(Les espions voient Vasquez)

(Ils suivent Vasquez)

(Macron avait envoyé des sous-marins, des avions, des bombes, des militaires, des fourmis rouges au moins 300 milliards, des tigres devant le ministre au moins 300 minimum, des aigles, des vautours, des pitbulls)

(Justin Trudeau envoya 10 millions d'ours 🐻 qui faisait pour 10 millions de dégât)

(Vasquez faisait pour 100 millions de dégâts en plus et rentra au Canada)

Macron :

Justin Trudeau si tu ne bannies pas Vasquez du Canada je continuerais mon invasion et je mettrai les talibans de l'Afghanistan au Canada c'est d'accord.

Justin Trudeau :

D'accord je vais le bannir.

(Vasquez partit au Brésil)

(Justin Trudeau le bannit)

Vasquez :

Ouf, heureusement que je suis parti et on va aller au Brésil et en plus j'ai trouvé un appartement au Brésil à Itaguai .

Vasquez :

Ouais c'est encore plus moche que Lyon.

(Vasquez arriva)

(Vasquez voit son appartement de luxe 520m^2)

Vasquez :

Ouais c'est la classe.

L'assistant :

Ouais c'est la classe.

(Vasquez regarda la télé)

Vasquez :

La dame rouge est une génie donc moi AAA.

(La nuit)

(Vasquez alla au centre ville)

(Il tua 33 000 personnes)

(Le lendemain matin)

(Vasquez se réveilla)

(Il alla à sa terrasse et de loin il voit un paresseux avec ses enfant quand il sortit ses jumelles bien-sûr)

(Vasquez partit dans la réserve naturel à 1h minimum)

Vasquez :

Ou c'est beau içi AAA.

(Vasquez voit quelque chose qui a bougé dans un buissons et c'est un perroquet aras rouge)

Vasquez :

Ouhh !! je vais prendre une photo AAA.

(Vasquez pris une photo)

(Vasquez partit de nouveaux à Itaguai à family pizza)

(Vasquez pris 30 pizzas)

(Vasquez partit sans payer)

Le vendeur :

Et payer maintenant.

(Vasquez partit)

(Vasquez a été banni de tous les état sauf l'état Amazonas)

Vasquez en criant :

Assistant.

Assistant :

Oui Vasquez.

Vasquez :

Ramenez l'avion qui m'appartient maintenant.

Assistant :

Ok.

Vasquez :

Alors vais regarder où on pourrait aller. Oh, j'ai trouvé on va aller à Sucre la capitale de la Bolivie.

Assistant :

Oui mais où à Sucre en Bolivie

Vasquez :

On va aller à Casco Viejo .

Assistant :

D'accord on y va !!!

Vasquez :

Parfait.

(Vasquez regarda son téléphone)

Vasquez :

Je vais regarder ce qu'on pourrait faire à Sucre on s'en fout de toute façon.

Assistant :

D'accord.

Vasquez :

Au il fait beau aujourd'hui.

(Tout d'un coup il y eu une tempête)

(Ils atterrissent)

(Ils voient un panneaux)

(Il est écrit)

(bienvenidos à Mexico)

Vasquez :

Quoi le Mexique !!!! C'est quoi ces conneries !!!!

L'assistant :

Ho merde.

Vasquez :

Quoi ?

L'assistant :

C'est le gangue du Mexique.

Vasquez :

Coite.

 (l'assistant ce cassa)

(tout d'un coup il y a eu une musique de piano)

Vasquez dit en chantant :

Je voudrai vraiment dire que t'es un bon assistant, mais certainement pas ton ami aimant ; c'est comme un cauchemar qui se termine en traquenard ; même si c'est fini tu essayeras de me réduire en bouilli ; je dirai au travail que t'as le sida - comme ça c'est eux qui vont se débarrasser de toi ; j'espère qu'ils te mettront en quarantaine ou qu'ils t'enfermeront jusqu'à ta trentaine ; comme ça je ne te verrais plus, comme ça je ne te verrais plus. Je te mettrais en plein milieu de l'Afghanistan ou sur la route de la mort au Mexique ou sinon je te balancerais au-dessus du volcan.

Salut !

L'assistant :

Quoi ?

Vasquez :

Juste pour le piano c'est une application pour le piano 🎹 et quand je dis salut c'est que je me barre quoi.

(Vasquez poussa l'assistant)

(L'assistant se fit kidnapper)

(L'assistant se fit kidnapper par Macron boudi)

L'assistant :

Mais qu'est-ce-que vous me voulez.

(Macron boudi baffa l'assistant et le pris par le tee-shirt)

Macron boudi :

Où est Frimousse ?

Justin Trudeau :

Mais il n'y a pas de Frimousse ici Macron.

Macron boudi :

Oh oui c'est vrai.

(Macron boudi baffa de nouveau L'assistant)

Macron boudi en regardant l'assistant avec un œil à la fin :

Où est Justin Trudeau dis le moi !!! Hein oh - il est juste là.

Justin Trudeau :

Juste-là.

Macron boudi en essayant de baffer l'assistant mais Justin Trudeau essayant de lui en empêcher :

Où est Vasquez ?

L'assistant :

Jamais.

Justin Trudeau :

Même pour une glace.

Macron boudi :

Une glace ✊ .

Justin Trudeau :

Oui mais j'adore faire ça.

Macron je sais oui je sais oui va prendre un peu l'air.

(Vasquez courra vers lui)

(L'attrapa et l'assomma et le FBV le kidnappa)

Macron :

J'ai terminé Juste ! Juste ! Je peux m'en occuper.

Macron boudi :

D'accord.

(Macron Boudi parti dehors)

(Justin Trudeau alla dehors pour prendre l'air)

(Il voit Vasquez)

(Vasquez voit Justin Trudeau)

(Vasquez pris un couteau)

(Vasquez s'approcha de Justin Trudeau)

(Vasquez kidnappa Justin Trudeau)

(Le FBV faisait le reste du boulot)

Vasquez :

Parfait comme dans notre plan après être allé en Colombie kidnapper des gens, pourquoi pas. Mais pas maintenant ! Maintenant on doit kidnapper Macron – Allez, dispersez-vous - je vais aider Frimousse et s'il veut dire qu'elle-que chose on le tuera. D'accord !

Le FBV :

Oui chef.

(Et le FBV parti)

Vasquez :

Voici la pub à toute de suite AAAA.

La pub :

Bonjour tout-le-monde je suis mec mais bon si vous-voulez des dictatures allez en Russie !!! Mais allez plutôt à Strasbourg - mais bon pas l'Ukraine car c'est la guerre - maintenant enfin en 2022 - si on n'est toujours en 2022 - mais au revoir et parler de vos amis et à vos familles la Dame rouge 1 au revoir et passer une très... bonne journée - au revoir.

Vasquez :

Bonjour à nouveau tout-le-monde pendant qu'il y avait la pub j'ai fait des armes pour me défendre des prédateurs - alors un cactus, un couteau, des armes alors est-ce qu'il y a quelqu'un.

(Vasquez regarda autour de lui)

Vasquez :

Non personne.

(Vasquez pris son téléphone et appela Poutine boudi)

Vasquez :

Allo Poutine c'est toi.

Poutine :

Oui c'est moi.

Vasquez :

Parfait j'aurais besoins d'un gros con comme toi.

Poutine :

Ho oui !!! c'est vrai que un gros con et un gros fils de pute.

Vasquez :

Ouais je sais tu viens venir m'aider – s'il te plaît meuf et j'annulerais les unités gammas qui sont en Russie – t'es d'accord ?

Poutine :

Oui d'accord – attends… quelles Unités ?

Vasquez en coupant la parole :

Salut.

(Vasquez raccroche au nez Poutine)

Vasquez :

Parfait.

(Vasquez appela les unités gammas qui sont en Russie)

Vasquez :

Allez en Mongolie maintenant.

Les Unité Gammas :

D'accord mais pourquoi en fait ?

Vasquez :

J'ai fais allié avec Poutine.

Les Unité Gammas :

D'accord on annule.

Vasquez :

Merci.

(Vasquez partit)

(Vasquez voit un village abandonné)

Vasquez :

Oh c'est cool 😎.

(Vasquez voit une maison abandonnée)

Vasquez :

Je vais chercher quelque chose dans mon téléphone.

(tout d'un coup il faisait nuit)

(Vasquez dormit)

(Le lendemain matin)

(Vasquez se réveilla)

Vasquez :

Au je vais aller chercher à manger.

(Vasquez partit)

(Vasquez chercha à manger)

(Il voit quelqu'un)

Vasquez :

Et toi gros fils de pute.

Le boudi :

Et c'est méchant.

(Vasquez s'approcha)

(Il le prit par le tee-shirt et le tua)

Vasquez :

Je suis beau comme le soleil.

(Vasquez voit une route)

(Vasquez mit son déguisement)

(Vasquez passa la route)

Vasquez :

Quoi ? Il n'y a personne !!

(Et Vasquez faisait son bruit quand il est vexé)

Vasquez :

Bon ben... je dois le dire. Assistant !

(Tout d'un coup l'assistant arriva)

L'assistant :

Oui Vasquez.

Vasquez :

T'as kidnappé Macron ou Emmanuel Macron.

L'Assistant :

Oui le voici Vasquez.

Macron :

Lâchez-moi s'il-vous-plaît.

Vasquez :

Non.

Macron :

Vous voulez quoi ?

Vasquez :

On veut Frimousse.

Macron :

Je sais pas.

(Macron pleura comme un bébé)

Macron :

Ne me faîtes pas de mal s'il-vous-plaît.

(Macron pleura de nouveau comme un bébé)

Vasquez en levant les yeux au ciel :

La ferme fils de pute.

Macron en suçant son pousse - en pleurant :

Maman ! Maman !

Vasquez :

Je vais vraiment le butter.

L'assistant :

On n'a besoin de lui Vasquez.

Vasquez :

T'en es bien sûr ?

L'assistant :

Ben alors il est où Justin Trudeau ?

Vasquez :

Heu heu heu heu heu heu heu heu heu heu heu heu heu heu heu heu heu heu je sais pas meuf.

(Tout d'un coup il y eut un bruit)

Le bruit.

Talal la la tala la tarara tata ra ra viens ici mon petit monstre talla tâta.

Vasquez effrayé :

Au secours assistant.

(L'assistant se cassa en courant)

Vasquez :

Lâcheur !AAAAAAAAAAAAAAAAAA !

(Vasquez a été assommé)

(Vasquez se réveilla)

Vasquez :

Mais, mais où je suis.

(D'un coup il y eut une voix)

La voix :

Qui voilà donc - un invité surprise - j'ai ma poupée maléfique - dit bonjour mademoiselle Charitari.

La poupée:

Bonjour.

La voix :

Je vais m'approcher.

(La voix s'approcha)

Vasquez :

Gollum on se retrouve après la pub - à suivre trois petit pois AAA.

Gollum :

Dis bonjour madame Charitati.

La poupée :

Bonjour tout le monde - maintenant la pub.

La pub :

Vous voulez voir la plus vielle cathédrale du monde ?
Allez à Strasbourg - elle a au moins mille an - c'est
beaucoup non ? Oh oui que c'est beaucoup avec le
marché de noël le plus beau du monde !!! Allez dès
maintenant à Strasbourg bonne journée et au revoir.

Gollum :

Bonjour chers spectateurs j'ai attaché Vasquez en haut
de l'arbre !!! Regardez.

Vasquez :

Au secours ! A l'aide s'il vous plaît

Gollum :

Et voilà chers téléspectateurs - voici Vasquez - regardez
cet anneaux - je l'ai trouvé il y a plusieurs années alors
comment vous le trouvez ? .... Ouais je sais.

Vasquez :

Euhh - tu veux jouer à un jeux ?

Gollum :

Oh un jeux – Euh mais quoi comme jeux ?

Vasquez :

Cache-cache.

Gollum :

Oh oui cache-cache c'est une bonne idée.

Vasquez :

Oui mais alors il faudrait d'abord me détacher.

Gollum :

Oui d'accord j'y vais.

(Gollum le détacha)

(Vasquez se cassa mais d'abord il mis la bague)

(Gollum péta les plomb)

(Gollum courra vers Vasquez sans savoir où il était)

Gollum :

Revient içi tout de suite !

(Gollum ne voyait plus Vasquez)

(Vasquez courrait)

(tout d'un coup il y a eu un fond noir avec écrit... À suivre...)

La voix :

À suivre...

La pub :

Bonjour tout-le-monde je m'appelle Gerbain et je suis là pour vous aider - ah où allez- vous en vacances ? .... bon pas très bien. Vous voulez du froid en hiver et du chaud en été - Ah l'été allez dès maintenant à Strasbourg à l'hôtel des Hâte au quartier de la gare - allez dès maintenant à Strasbourg et aussi j'allais oublier - passez une bonne journée – au revoir.

(Vasquez courra encore mais il s'arrêta derrière un mur)

(Gollum s'arrêta et regarda autour de lui)

(Il ne vit personnes et continua de courir)

(Vasquez courra de l'autre côté)

(2 jours plus tard)

(Vasquez sortit du château)

(Vasquez appela l'assistant)

Vasquez en train d'appeler l'assistant :

Allo assistant viens tout de suite içi.

Assistant :

D'accord regarde en-haut.

Vasquez :

D'accord.

(Vasquez regarda en-haut)

(il y avait un hélicoptère)

(Une échelle descendit)

L'assistant :

Monte Vasquez.

(Vasquez monta l'échelle)

(Et ils partirent)

La voix :

Et ils partirent pour quelque part - là où ils pourront être en paix pour tuer des gens.

La voix :

À suivre...

(Avec écrit aussi À suivre)

La pub :

Bonjour tout le monde je suis un Vasquez et je vais faire la météo de Vasquez land !!! Allons-y !!! Aujourd'hui le 5 avril 2022 ; alors vers Vasquez City la capital il va pleuvoir, et vers le sud il va y avoir du soleil avec 28° et à Vasquez city il va faire 24° comme vous le voyez. Vasquez city c'est vers le centre, et dans le nord il va y avoir des tempêtes avec 18° et des inondations alors faîtes attention. Et vers l'est le Sahara Vasquez région il va faire 50° et vers la région tropicale il va pleuvoir mais de la pluie chaude avec 30°. Tout de suite Vasquez.

Vasquez :

Alors on va ou Assistant ?

Assistant :

Je sais pas moi mais on est où ?

Assistant :

Je sais pas ; mais regarde ; tu as vu on voit…

Vasquez et L'assistant disent en même temps :

La Maison Blanche et Washington !

Vasquez :

À ouais ça rigole pas dis-donc; comment ça va ?

Assistant :

Très bien et toi Vasquez.

Vasquez :

Ouais ça peut aller alors on se gare.

Assistant :

Déjà fais.

Vasquez en faisant un check :

La classe vieux !!!!

Assistant :

Ouais je sais.

Vasquez :

Alors on y va ou pas.

Assistant :

J'suis déjà dehors.

Vasquez :

C'est pas vrai ! Bon bas j'arrive !

(Vasquez sort de son avion privé)

Vasquez :

Alors qu'est-ce qu'on fait ?

Assistant en donnant un sac à Vasquez :

Tiens Vasquez un sac.

Vasquez :

Pour quoi faire.

Assistant :

Met le et écoute mon plan.

Vasquez :

Oui chef.

(Et Vasquez mis la cagoule que l'assistant lui avez donnée)

(Et Vasquez pris son flingue mais discrètement)

(L'assistant prenant son flingue aussi)

(Et ils entrèrent dans le jardin de la maison blanche accroupis)

(Ils détruisirent 3 caméras d'un coup)

Vasquez en chuchotant :

Allez viens.

L'assistant en chuchotant :

D'accord j'arrive.

(Vasquez rentra dans la maison blanche)

(Vasquez tua un garde du corps)

Vasquez en chuchotant :

Aller viens assistant.

Assistant :

D'accord.

(Vasquez tua la femme de ménage)

(L'assistant trouva la salle de réunion)

Vasquez :

Mais où est le président de la République donc Joe Biden ? Oh je l'entends - je me cache.

Joe Biden :

Ouais je sais je veux donner à manger aux pauvres mais non pas dans un an mais maintenant. Écoutez, minimum dans un mois et puis c'est tout voilà.

(Joe Biden raccrocha)

(Vasquez était sous le bureau)

(Et les gardes du corps rentrèrent)

(Et ils partirent)

(Vasquez regarda son agenda)

Vasquez en regardant l'agenda :

Au d'accord c'est maintenant !!!

(Vasquez regarda son téléphone)

Vasquez :

C'est parfait. Assistant viens ici tout de suite.

Assistant :

D'accord.

(Assistant regarda aussi)

Assistant :

D'accord viens il est dans son salon Vasquez.

Vasquez :

D'accord j'arrive.

(Vasquez et l'Assistant allèrent dans le salon du président)

Vasquez avec un flingue :

On ne bouge plus.

Joe Biden :

Attends je regarde les Feux de l'Amour.

Vasquez en s'asseyant sur le canapé :

Ouais ho Nikki boudi mais qu'est-ce qu'elle va faire.

Joe Biden :

C'est tellement intriguant.

Vasquez :

Ouais je sais t'as trop raison.

Assistant :

Vasquez.

Vasquez et Joe Binden.

Chute !

Vasquez :

Si tu veux parler ; parle du feuilleton, parle du feuilleton mais sinon chute.

Joe Biden :

Oui.

(Et les Feux de l'Amour était fini)

(Et Vasquez sorti son flingue et regarda Joe Biden)

Joe Biden :

Euh… sécurité.

Vasquez :

La ferme ou je te bute !

Joe Biden :

D'accord ok d'accord tout va bien.

Vasquez sortit un sac pour les patates :

Mets-toi là dedans !!!

Joe Biden :

D'accord je vais le faire.

(Joe Biden rentra dans le sac)

(Vasquez ferma le sac)

(Vasquez trouva la sortie)

Assistant :

Et l'argent Vasquez.

Vasquez :

Ho oui heu... ho oui bon bas, tu vas dans le jet et tu m'attends d'accord.

Assistant :

Heu... d'accord.

(Assistant alla dans le jet de Vasquez)

(Vasquez rentra dans la maison blanche)

(Et tout d'un coup il voie un garde du corps)

Le garde du corps :

Et vous qu'est-ce-que vous faites ici hein ?

Vasquez :

He...

(Vasquez sortit son flingue)

Vasquez :

He... faites gaffe j'ai un flingue d'accord.

(Et Vasquez tua le garde du corps)

(Vasquez trouva un plan)

(Un plan de la maison blanche)

Vasquez :

C'est parfait ça - un plan de la maison blanche alors... et voilà j'ai trouvé. AAA droite gauche droite et gauche.

(Vasquez tourna à droite)

(Puis tourna à gauche)

(Puis à droite)

(Et gauche)

(Et Vasquez arriva enfin)

Vasquez :

Enfin le fric !!! J'attendais ce moment depuis que je sais que ça existe donc à peine 5 minutes... Ohh c'est c'est c'est magnifique mais pas autant que moi AAA.

(Vasquez faisait le code)

Vasquez :

Je suis trop mais de puissance 10 quoi... oui je suis trop content.

(Vasquez amena ces 300 remorques pour les riches bien-sûr)

(Et Vasquez réussi à avoir tout... même le moindre centime)

Vasquez :

Bon bah, j'arrive les pisseuses !

(Et Vasquez recula et on voit qu'il a les 300 remorques sur une même voiture)

(33 minutes plus tard)

(Vasquez sortit)

(Il s'aére au Japon)

Vasquez :

Je me demande quand nous serons au Japon non.

Assistant :

Ho moi aussi.

(Vasquez et Assistant passèrent vers Hawaï)

(1 h plus tard)

Vasquez :

Assistant dans combien de temps on est arrivé ?

Assistant :

Je sais pas Vasquez… Tu n'as qu'à regarder sur google boude.

Vasquez :

D'accord Assistant.

(Vasquez regarda sur son téléphone google boude)

Vasquez en cherchant :

Alors...Alors...Alors...Alors... et voilà dans 1 h et 30 minute. C'est beaucoup dis-donc.

Assistant :

Vasquez accroche-toi on n'arrive dans une tempête.

Vasquez :

D'accord je m'attache pisseuse.

(Vasquez s'attacha)

(d'un côté il y avait du soleil et de l'autre côté il y avait une tempête et Vasquez et Assistant rentrèrent dans la tempête)

Vasquez :

Je tiens Joe Biden !

Assistant :

Parfait Vasquez Accroche-toi !

(L'avion rentra dans la tempête)

(Il y avait une aile qui s'était décrochée)

Assistant :

Vasquez ne t'inquiète pas je vais te donner un parachute.

Vasquez :

D'accord je ne m'inquiète pas Assistant.

Assistant :

Parfait alors le parachute est au-dessus de toi et mets-le aussi à Joe Biden !

Vasquez :

D'accord Assistant je m'en n'occupe.

(Vasquez mettant le parachute à Joe Biden)

Joe Biden :

Je l'ai mis.

Vasquez :

Parfait AAA.

(Joe Biden sauta)

Assistant :

Bon bah alors on le laisse partir Joe Biden ?

Vasquez :

Bah non...

Assistant :

Bon bah, alors qu'est-ce-que t'attends alors ?

Vasquez :

Je suis prêt.

Assistant :

Bon bas c'est pas trop tôt. Allez, je t'ouvre.

(L'assistant ouvra la porte de l'avion à Vasquez)

Vasquez :

J'y vais.

L'assistant :

À enfin.

L'assistant redit :

Tiens un Toolki Oulki (Talky-Walky chez Vasquez)

Vasquez :

Bah pourquoi on a nos portables ?

Assistant :

Bah peut-être parce qu'il n'y aura pas de réseau Vasquez.

Vasquez :

À ouais mais est-ce-que ça marchera les Toolki Oulki.

Assistant :

Bas oui c'est des truc spéciaux - les enfants ne jouez jamais avec les choses électriques sinon vous pouvez vous électrocuter et peut-être mourir donc écoutez vos parents sur ça d'accord ?

Vasquez :

À qui tu parles franchement Assistant ?

Assistant :

Au spectateur, Vasquez ; au spectateur, Vasquez.

(Vasquez mis son parachute et sauta)

(L'assistant mis son parachute et sauta)

Vasquez :

Il est où ce p'tit fils de pute ?

Assistant :

Là-bas !

Vasquez :

Je le vois.

(Vasquez alla vers Joe Biden)

(Vasquez activa son parachute)

(Vasquez était à coté de Joe Biden)

Joe Biden :

Lâche-moi toi le gros fils de pute.

Vasquez :

Oh tu traites ma mère que j'ai tuée de pute ?

Joe Biden :

Ben ouais tout le monde sait que c'est toi la dame rouge enfin juste moi... bien-sûr et je vais l'envoyer à tout le monde sur terre.

Vasquez :

Oh, tu n'oserais pas.

Joe Biden :

Ne me provoque pas Vasquez ou la Dame rouge.

(Vasquez sorti son flingue)

Joe Biden :

D'accord je ne l'envoie pas Vasquez tout va bien je le répèterai pas tout va bien.

Vasquez :

Bon bas alors si tout va bien donne ce téléphone 📱 alors.

Joe Biden :

He... non et non et non et non ! Je le refuse ça Vasquez.

(Vasquez essaya d'arracher le téléphone de Joe Biden)

Joe Biden :

Arrête-ça Vasquez au non mon parachute !!! On dirait le tien aussi on dirait... Ohh non.

Vasquez :

Pfff ouais c'est ça ouais au t'as raison à l'aide !

(Vasquez baffa Joe Biden)

(Joe Biden baffa Vasquez)

(Vasquez pris son couteaux)

(Et ils tombèrent)

(Il était écrit À suivre)

La voix :

À suivre.

La pub :

Vous voulez aller voir des châteaux les plus vieux d'Europe : Allez dès maintenant au château d'Andlau et en plus il y a aussi plein de chemins autour... allez dès maintenant au château d'Andlau.

(Vasquez se réveilla)

(Vasquez ne voyait plus L'Assistant et Joe Biden)

(Vasquez voyait une affiche)

(Et il était écrit si vous trouvez Vasquez vous aurez 1 million de dollars écrit en Japonais 🏯 bien-sûr)

Vasquez :

Et, ça craint !!!

(Vasquez se cacha dans un buisson)

(Vasquez entendit du bruit)

(Vasquez ne bougea plus)

(Les gens étaient passés)

(Vasquez se cassa vers la jungle)

(Vasquez se trouva à côté d'une rivière)

(Vasquez but un coup)

(Vasquez regarda autour de lui)

(Il n'y avait que la jungle)

(Vasquez pris son téléphone)

(Il n'y avait plus de batterie dans le téléphone)

Vasquez en levant les yeux au ciel :

Et bien-sûr comme par hasard.

Vasquez :

Mais comment je vais faire sans téléphone maintenant.

(Vasquez trouva une maison abandonnée)

(La maison était en paille donc une maison abandonnée)

Vasquez :

Au cool 🗿 ça c'est la classe.

(Vasquez s'assit sur une chaise moisie)

(Vasquez dormit)

(Il faisait nuit)

(Le lendemain matin)

(Vasquez se réveilla)

(Vasquez vit un truc pour brancher les prises)

(Vasquez brancha sa prise)

Vasquez :

Allez, allez, allez oui enfin oui j'ai réussi ça va charger enfin.

(Vasquez brancha son téléphone)

Vasquez :

Bon bas je vais faire une petite balade.

(Vasquez alla dehors se promener)

Vasquez :

C'est beau içi.

(Vasquez vit un panda roux)

Vasquez :

Ho trop mignon, mais normalement ça vit pas au Japon non.

(Vasquez voit que c'était du carton)

(Tout d'un coup un boudi sortit de derrière du carton avec un passeport pour le FBI)

Le boudi :

C'est le FBI.

(Il y avait d'autres boudis qui travaillent pour le FBI)

Un boudi :

Vous êtes en état d'arrestation monsieur.

Vasquez :

Pourquoi.

Un boudi :

Bas parce-que vous êtes la dame rouge non.

Vasquez :

Bas non je suis un touriste.

Un boudi :

D'accord allez les mecs - on se recache.

(Vasquez était parti)

(Vasquez trouva une ville qui s'appelle Tokyo)

Vasquez en levant les yeux :

Bienvenue à Tokyo mais en Japonais bien-sûr.

(Vasquez regarda son téléphone)

(Il était 15:08)

Vasquez :

Au je vois un hôtel cool.

(Vasquez alla dans hôtel)

(Vasquez alla à l'accueil)

Vasquez :

Bonjour je voudrais avoir une chambre libre s'il vous plaît.

La boudi en Japonais avec écrit dessous en Français :

Oui bonjour, vous voulez avoir une chambre.

Vasquez :

Oui madame.

La boudi en Japonais avec écrit en dessous en français :

D'accord tenez aller dans la chambre 24b.

Vasquez :

Merci au revoir.

La boudi en Japonais et écrit en-dessous en Français :

Bonne journée au revoir.

(Vasquez partit dans sa chambre)

(Il était 20 h)

(Il faisait nuit)

(Vasquez mit son costume de la dame rouge et sortit par la fenêtre)

(Vasquez se cacha)

(Vasquez sortit son téléphone)

Vasquez :

Je suis où en fait ? Bon bas je m'en fiche.

(Vasquez tua 2 personnes)

(Vasquez kidnappa 7 personnes)

Vasquez :

C'est parfait.

(Vasquez mit les personnes dans sa voiture)

Vasquez :

Bon bas je vais aller au centre-ville 🏙️ moi.

(Vasquez partit)

(5 minutes plus tard)

(Vasquez arriva au centre-ville)

(Vasquez ne voyait que 12 personnes)

(Vasquez ne tua que 8 personnes)

(Les autres partirent en courant)

Vasquez :

Et merde j'ai pas tué les autres !

(Vasquez partit)

Vasquez :

Je suis où ?

(Vasquez regarda son téléphone)

Vasquez :

Il est 3:30 du matin je vais bientôt rentrer à l'hôtel et dormir.

(Vasquez partit)

(5 minutes plus tard)

(Vasquez arriva à son hôtel)

(Vasquez dormit)

(Le lendemain matin)

(Vasquez se réveilla)

(Vasquez regarda son téléphone)

Vasquez :

Il est 11:30 déjà il est tard dis-donc.

(Vasquez se leva)

(Vasquez mangea)

(Vasquez s'habilla)

(Vasquez sortit)

Vasquez :

C'est beau ici.

(Vasquez alla dans une petite ruelle)

Vasquez :

Oh une bijouterie.

(Vasquez rentra dans la bijouterie)

(Vasquez sortit son flingue)

Vasquez :

On ne bouge plus !

(Tous les boudis mirent les mains en l'air)

(Vasquez alla vers la caisse)

Vasquez :

Donne-moi le fric ou je te bute.

Le boudi :

D'accord, d'accord , calmez-vous je vais tout vous donner d'accord.

Vasquez :

D'accord bas alors donner-le moi. Mais je ne savais pas que vous parliez Français.

Le boudi :

C'est le quartier Français.

Vasquez :

Ho d'accord mais maintenant donnez-moi le fric !!! OK ???

Le boudi :

D'accord.

(Le boudi donna le fric)

Vasquez :

Merci mais juste vous n'allez pas le dire à la police quand-même.

Le boudi :

Bas si.

(Vasquez sortit son flingue)

Vasquez :

Vous en êtes sûr ?

Le boudi :

Bas en fait eh... je suis pas trop non... je vais rien dire.

Vasquez en levant les épaules en l'air :

Hum d'accord parfait.

Le boudi :

Heu…vous pouvez partir s'il vous plait.

Vasquez :

Ouais si tu veux.

(Vasquez parti)

(Vasquez prit son téléphone)

(Il était 14:02)

Vasquez :

J'ai faim.

(Vasquez voit un restaurant)

(Vasquez alla devant le restaurant)

Vasquez en lisant l'affiche :

Fermé ouvre à 17:30.

Vasquez :

Bohh c'est pas grave je vais aller à l'hôtel.

(Vasquez partit)

(10 minute plus tard)

(Vasquez arriva à l'hôtel)

(Vasquez alla à l'accueil)

Vasquez :

Bonjour madame je voudrais savoir s'il y a un restaurant ici ?

La boudi :

Oui il y a un restaurant je vais vous y emmener.

Vasquez :

Merci madame.

(Vasquez suivit la dame)

(5 minutes plus tard)

(Vasquez arriva au restaurant)

Vasquez :

Bonjour vous ne sauriez pas où il y a l'accueil du restaurant ?

La boudi :

Bien-sûr.

Vasquez :

Merci.

La boudi :

Là-bas.

Vasquez :

Merci.

La boudi :

De rien.

(Vasquez suivi le boudi)

Le boudi :

Tenez une table.

Vasquez :

Merci.

(Vasquez alla s'asseoir)

(Vasquez regarda le menu)

Vasquez :

Excusez-moi monsieur.

(Le serveur vient vers lui)

Le serveur :

En quoi puis-je vous aidez ?

Vasquez :

He... oui, oui vous pouvez m'aider je voudrais des sushis au wasabi s'il vous=plaît et pour le désert ça sera des mochis merci.

Le serveur :

Ce sera tout monsieur ?

Vasquez :

Oui monsieur.

Le serveur :

D'accord je reviens dans 15 minutes.

Vasquez :

D'accord.

(Vasquez pris son téléphone)

(2 minutes plus tard)

Vasquez en levant les yeux au ciel :

Eh... çà fait combien de temps que j'attends ?? heu...

Vasquez en regardant son téléphone :

Quoi deux minutes c'est trop long la vie.

(10 minutes plus tard)

Vasquez en regardant son téléphone :

Dans 3 minutes ce sera bon heureusement j'ai faim.

(3 minutes plus tard)

(Le serveur arriva)

Vasquez :

Et bas enfin c'est pas trop tôt.

(Le serveur donna les plats)

Le serveur :

Tenez monsieur.

Vasquez :

Le serveur :

Bon appétit monsieur.

Vasquez :

Merci maintenant casse toi.

(Vasquez mangea le salé)

(Vasquez passa au désert)

Vasquez :

C'est une tuerie.

(Vasquez avait fini le désert)

Vasquez :

C'est trop bon.

Vasquez en criant :

Serveur.

(Le serveur vient)

Le serveur :

Oui, qu'est-ce qu'il y a monsieur ?

Vasquez avec une petite voix aiguë :

J'ai fini monsieur.

Le serveur en levant les yeux au ciel :

Ah enfin.

Vasquez :

Est-ce-que je pourrais avoir l'addition s'il vous plaît.

Le serveur en donnant le ticket :

Oui tenez.

Vasquez :

Heu.. pourquoi vous avez dit « ah enfin » en levant les yeux au ciel.

Le serveur :

Bah, ça vous regarde pas.

Vasquez :

Bon bah ; à toute à l'heure alors.

(Vasquez paya)

(Et Vasquez partit)

(La nuit à 19:30)

(Le serveur se promena)

(Il y avait une camionnette noire)

(Le serveur passa devant)

(La camionnette s'ouvrit et quelqu'un prit le serveur)

(Le lendemain matin)

(Vasquez se réveilla)

(Vasquez pris son téléphone)

Vasquez en regardant son téléphone :

Il est 8:30 du matin bon bah je vais aller me lever.

(Vasquez se leva)

(Vasquez s'habilla)

(Vasquez mit ses chaussure)

(Vasquez partit)

(Vasquez prit son téléphone) -

(Vasquez appela l'Assistant)

(Il tomba sur sa messagerie)

(Vasquez raccrocha)

Vasquez :

Boh.

(Vasquez appela Joe Biden)

(Il répondit encore moins)

Vasquez :

Et merde.

(Vasquez appela un unité Gamma)

L'unité Gamma au téléphone :

Allo.

Vasquez au téléphone :

Ouais c'est Vasquez.

L'unité Gama :

Mots de passe.

Vasquez en levant les yeux en l'air :

Vasquez est supérieur à Jeff.

L'unité Gama :

Ho salut Vasquez.

Vasquez :

Heu... comment dire heu...

L'unité Gama :

Un.

Vasquez :

Je voudrais que vous retrouviez l'assistant et Joe Biden.

L'unité Gama :

Oui d'accord mais pourquoi Joe Biden.

Vasquez :

Oui je comprends que tu veuilles le savoir.

L'unité Gama :

Ben oui je veux le savoir.

Vasquez :

D'accord ben en fait heu... j'ai kidnappé Joe Biden.

L'unité Gama :

Ça c'est bien pisseuse.

Vasquez :

Ouais je sais... maintenant allons tuer AAAAAAA.

(Vasquez raccrocha et partit en marchant comme le méchant dans les films)

Vasquez :

J'ai la classe.

(Vasquez partit)

(Vasquez sortit son flingue en mode discrèt)

(Vasquez voyait une petite ruelle)

(Vasquez alla dans la petite ruelle)

Vasquez :

Ça craint ici.

(Vasquez prit son téléphone)

(Il n'y avait plus de réseau)

Vasquez :

Et merde.

(Vasquez entendit des bruits)

Vasquez dit en criant :

Qui est là ?

(Le petit enfant boudi vint)

Le Boudi :

Bonjour monsieur je voudrais savoir si je pouvais avoir une carte s'il vous plait.

Vasquez :

Non.

Le boudi :

Bah pourquoi ?

Vasquez :

Bah parce-que je vais te kidnapper et après peut-être te tuer.

(Vasquez courrait vers le petit enfant boudi)

Le boudi :

Vas-y kidnappe-moi.

Vasquez :

C'est vrai.

Le boudi :

Non connard !

(Vasquez courra encore plus vite vers le petit boudi)

Le boudi :

IIIIIIIIII !

(Le boudi se cassa)

Vasquez en courant :

Reviens ici tout de suite !

Le boudi :

Jamais !

(Vasquez commença à toucher le boudi)

(Le petit boudi enfant donna un coup de pied)

Vasquez :

Haïe connard !! fils de pute !!!

(Vasquez prit le bras du petit boudi)

Le boudi :

Lâchez-moi.

Vasquez :

Jamais.

(Tout un coup le chemin ne reste plus plat et descend comme une falaise)

Le boudi :

IIIIII ! Qu'est-ce que qu'il se passe !

Vasquez :

Je sais pas mais je sens qu'on va aller dans un trou !

Le boudi :

III IIII !

(tout d'un coup il fait noir)

(Et il est écrit À suivre...)

La pub :

Bonjour à tous !!! Vous voulez allez voir du moche de la pauvreté de la délinquance non un ? Allez donc à Strasbourg... à Strasbourg son marché de Noël, les galettes, les paysages alsaciens... allez dès maintenant à Strasbourg et bonne journée... au revoir.

(Vasquez se réveilla)

(Il vit plus le petit boudi)

Vasquez :

AAAA.

(Tout d'un coup il fit noir)

(Il était écrit 2 h plus tard)

(Vasquez se réveilla)

Vasquez :

Mais, mais, mais, mais, mais je suis où.

(Vasquez regarda autour de lui)

(Il vit des murs cassés, avec du plancher cassé aussi)

(Vasquez commença à se relever)

Vasquez :

Mon téléphone portable où il est ?

(Vasquez chercha son téléphone)

(Il avait trouvé ses écouteurs)

Vasquez :

Mais non, je veux mon téléphone mais c'est aussi bien de trouver mes écouteurs... mais attends j'ai déjà mes écouteurs bon bas alors il faut plutôt que je cherche mon téléphone portable... bien sûr... AAAA AAAAAA... bon bas assez de rigoler maintenant il faut que je trouve mon téléphone !

(Vasquez trouva son téléphone)

Vasquez :

Oui mais est-ce qu'il y a du réseau et aussi bien sûr est-ce qu'il y a de la batterie ?

(Vasquez réussi à avoir de la batterie)

(Vasquez réussi aussi à avoir du réseau)

Vasquez :

Yes c'est trop de la balle moi c'est trop ouf de ouf alors... et oui c'est ça oui c'est ça donc dans trois kilomètres et « sassa pelle » il ne dise pas beau.

(30 minutes plus tard)

(Vasquez vit un panneau qui était écrit en Japonais bienvenue à Tokyo)

Vasquez :

Tokyo du sud comment ça se fait ?

(Vasquez regarda son téléphone)

Vasquez en regardant son téléphone :

Ahh... il faut passer par Tokyo c'est pour ça.

(Vasquez rentra dans Tokyo)

Vasquez :

C'est beau ici... ça change de la falaise.

Vasquez :

J'espère que je suis bientôt arrivé.

(Vasquez pris son téléphone)

Vasquez en regardant son téléphone :

Bon bas dans combien de temps, je suis arrivé. Ah voilà c'est dans 40 minutes... C'est beaucoup ça.

(Vasquez vit une voiture)

(Vasquez cassa la fenêtre avec son coude)

(Vasquez ouvrit la porte)

(Vasquez s'assit sur le siège)

Alors... il faut aller à droite.

(Vasquez tourna à droite)

Le GPS :

Continuer tout droit pendant 1 km.

Vasquez :

D'accord.

(1 km plus tard)

Le GPS :

Tourner à droite.

(Vasquez tourna à droite)

(Vasquez sortit de Tokyo)

Vasquez :

Ah... c'est pas trop tôt.

(Vasquez mit la radio)

La radio :

Bonjour à tous aujourd'hui... on a su qu'il y avait un maboule qui est à Tokyo !!! Maintenant on ne sait plus où il est mais on sait qu'il n'est pas à Tokyo... mais faîtes attention au Japon... il est sorti de Tokyo faite attention maintenant c'est fini au revoir.

Vasquez :

Déjà !

(Vasquez regarda dans le rétroviseur de son coté)

(Il y avait la police)

Vasquez :

Et merde !!!

(Vasquez fonça)

Vasquez :

Je ne peux pas aller plus vite, ahhhh si...

(Vasquez accéléra)

(Vasquez sortit son flingue)

(Vasquez ouvrit la fenêtre)

(Vasquez tira sur la fenêtre de devant des policiers)

(Le policier dépassa Vasquez et alla devant lui)

(Vasquez tira sur le rétroviseur)

(Vasquez tira sur un pneu)

(Le policier sortit de la voiture et couru vers la voiture de Vasquez)

(Le policier attrapa l'antenne)

(Vasquez vit dans le rétroviseur qu'il y avait le policier sur l'antenne de la voiture)

Vasquez :

Et merde !!!!

(Vasquez tourna à gauche)

(Vasquez se retrouva dans la jungle)

Vasquez :

Mais qu'est ce qui se passe ????

Vasquez :

IIIIIII!

(Tout d'un coup il fait noir)

(Et il était écrit... À suivre)

La voix :

À suivre...

La pub :

Bonjour à tous, je vais vous aider à faire vos vacances alors si vous voulez de la neige, de la forêt, des montagnes, des chamois, allez dès maintenant dans les Vosges... AAAAAAA enfin bref je vous souhaite une très... bonne journée. Au revoir.

(Vasquez se réveilla)

(Vasquez vit la voiture qu'il avait piqué dans les lianes donc coincée)

Vasquez :

Mais...mais...mais...mais qu'est-ce-qui-ce passe ici et je suis où ?

(Vasquez leva le bras droit et se rendormit et le lâcha à nouveau)

(1h plus tard)

(Vasquez se réveilla)

(Vasquez regarda autour de lui)

(Il était toujours au même endroit)

(Vasquez se leva tout doucement)

Vasquez :

Mon téléphone il est où ? Téléphone où es-tu ?

(Vasquez chercha son téléphone)

(Vasquez trouva son téléphone)

Vasquez :

Yes, j'ai trop de la chance... casser les policiers et tous les habitants du monde sauf en Russie ho oui, oui, oui, oui.

(Vasquez réussit à l'allumer)

Vasquez :

(Vasquez regarda la batterie)

Vasquez en regardant la batterie sur son téléphone :

Quoi ? 1 pourcent sérieusement ?

(Vasquez commença à aller sur une montagne)

(Vasquez monta encore la montage)

(5 minutes plus tard)

(Vasquez arriva au bout du sommet)

(Vasquez vit un petit village)

Vasquez :

Yes c'est trop de la balle.

(Vasquez rentra dans le petit village Japonais)

(Vasquez ne vit personne)

Vasquez :

Et ho ! Est-ce qu'il y a quelqu'un ?

(Vasquez vit un panneau qui donnait la direction du centre du village)

(Vasquez se dirigea vers le centre du village)

Vasquez :

Alors… mais est-ce qu'il y a des habitants ici ou quoi ?

(Vasquez mit le GPS)

Vasquez :

Alors yes alors droite, gauche, tout droit, droite, gauche, arrivé à destination.

(Vasquez tourna à droite)

(Vasquez tourna à gauche)

(Vasquez continua tout droit)

(Vasquez tourna à droite)

(Vasquez tourna à gauche)

(Vasquez arriva à destination)

(Vasquez ne vit personne)

Vasquez :

C'est quoi ce bints.

(Vasquez alla dans une maison mais elle était fermée à clés)

Vasquez :

C'est quoi ces conneries ?

(Vasquez alla derrière la maison)

(Vasquez vit une centrale nucléaire)

Vasquez :

Quoi ? Une centrale nucléaire comment c'est possible ?

(Vasquez prit ses jumelles)

(Vasquez mit ses jumelles sur ses yeux)

(Vasquez regarda vers la centrale nucléaire avec ses jumelles)

(Vasquez retira ses jumelles)

Vasquez :

Ho non. La centrale nucléaire... elle va exploser.

(Tout d'un coup il fait noir)

(Il était écrit)

(À suivre...)

La voix :

À suivre.

La pub :

Bonjour tout le monde. Vous voulez des vacances qui craignent... là où il est possible de se faire tuer ? Alors, allez dès maintenant à Caracas... mais évitez quand même les russes... ce sont des cons surtout Poutine... je le sais et j'ai envie de le tuer... mais bon... bonne journée, au revoir.

Vasquez :

Aie... mais pourquoi j'ai dit ça ? si je tire sur la centrale nucléaire peut-être que tout finira bien non ? Il faut essayer !

(Vasquez pris son sniper)

(Vasquez se positionna correctement pour viser)

(Vasquez mit son œil sur le viseur)

(Vasquez visa la centrale nucléaire)

(Et Vasquez tira sur la centrale nucléaire)

Vasquez :

Ho, ho je n'aurais peut-être pas dû tirer sur la centrale nucléaire...

(Vasquez se cassa rapidos)

Vasquez en courant :

Allez... Au secours !

(Vasquez trouva une voiture)

(Vasquez cassa une fenêtre de la voiture)

(Vasquez ouvrit la voiture de l'intérieur)

(Vasquez ouvrit la porte et monta dedans)

(Vasquez démarra)

(Vasquez partit)

Vasquez :

Je vais aller où maintenant ? ho oui... Direction l'aéroport !!!

(Vasquez mit l'itinéraire pour l'aéroport le plus proche)

Le téléphone :

Tournez à droite.

(Vasquez tourna à droite)

Vasquez :

J'espère que je suis bientôt arrivé.

(Vasquez prit son téléphone)

Vasquez :

Alors dans combien de temps je suis arrivé ?

Vasquez en regardant son téléphone :

Dans 30 minutes.

Vasquez :

Bon bah, je vais aller plus vite.

Vasquez en regardant sa vitesse :

Alors je vais aller à 180 km/h.

(Vasquez accéléra jusqu'à 180km/h)

Vasquez :

Parfait.

(Le gaz se rapproche)

Vasquez :

Et merde !!!

(Tout d'un coup le gaz était derrière lui)

Vasquez :

Au non... mais pourquoi moi.

L'itinéraire :

Tournez à droite.

(Vasquez tourna à droite)

Vasquez :

Allez j'espère que je suis bientôt arrivé.

(Vasquez accéléra au maximum)

Vasquez :

Vite ! Vite ! Vite !

(21 minutes plus tard)

(Vasquez arriva à Tokyo)

Vasquez :

Yes, mais dans combien de temps je suis arrivé ?

(Vasquez regarda le GPS)

Vasquez en regardant le GPS:

Alors dans 3 minutes.

(3 minutes plus tard)

Vasquez :

Parfait, je suis arrivé !

(Vasquez sortit de la voiture et prit ses bagages)

(Vasquez se mit à courir)

(Vasquez rentra dans l'aéroport)

(Vasquez se dirigea vers l'accueil)

Vasquez :

Bonjour, je voudrais aller en Chine, s'il vous plait.

La boudi :

Bien-sûr, quand ça monsieur ?

Vasquez :

Heu… maintenant.

La boudi :

Bon bah, oui on peut faire ça mais aussi dans quelle ville ?

Vasquez :

Bah, Pékin.

Merci madame.

La boudi :

Du coup, pour vous c'est le vol qui embarque porte 15 dans 32 mins, place 1A, et il va en direction Pékin. Est-ce-que çà vous va monsieur ?

Vasquez :

Oui ça me va madame.

La Boudi :

Parfait !!! mais c'est maintenant donc moi, je me dépêcherai.

Vasquez :

Vous avez raison madame. Bon bah, je vais y aller du coup.

La Boudi :

Oui d'accord, bon bah, bonne journée au revoir et surtout faîtes un très bon voyage.

Vasquez :

Ho oui, merci à vous aussi, au revoir, merci, au revoir.

(Vasquez partit en courant)

Vasquez :

Vite ! Vite ! Vite !

(1 minute plus tard)

(Vasquez arriva porte 15)

Vasquez :

Vite je suis en retard.

(Vasquez rentra dans le tunnel qui mène à l'avion)

(Vasquez monta dans l'avion)

Vasquez :

Parfait.

La voix :

Chers voyageurs, je vous prie de vous attacher car on ne va pas tarder à décoller ✈.

(Vasquez s'attacha)

(Vasquez alluma la télé)

La voix :

Chers voyageurs, nous allons décoller... pour rappel, accrochez-vous et mettez vos bagages dans le compartiment prévu à cet effet. Nous allons décoller dans 3,2,1... GO... nous allons avons décoller.

Vasquez :

Et bah c'est pas trop tôt.

(L'avion décolla)

(Vasquez vit le gaz arriver à Tokyo)

Vasquez :

Ouf ! J'ai eu chaud dit-donc.

(Vasquez pris son téléphone)

Les gens (Alsacien ?) :

Mais qu'est-ce-que c'est le truc vert ? C'est peut-être de l'eau ? Mais non c'est du gaz ! C'est affreux !!! C'est même pratiquement pire que Char Nobile (Tchernobyl) !

Vasquez :

Ouais… c'est ça ouais.

La voix :

Chers voyeurs, nous allons arriver dans 2 h et 3 minutes. Je vous souhaite un très bon vol et au revoir.

Vasquez :

C'est trop long…

(2 plus tard)

La voix :

Chers voyageurs, nous arrivons à Pékin dans 3 minutes.

(Vasquez se réveilla)

Vasquez :

Hein ? Mais qu'est-ce-qui se passe ici ? J'étais en train de dormir… Dans trois minutes c'est pas beaucoup…

(Vasquez regarda la télé)

Vasquez :

Excusez-moi madame, je voudrais à manger s'il vous plaît.

L'hôtesse de l'air :

Oui monsieur, bien sûr : citrouille ou carotte ?

Vasquez :

Citrouille.

(L'hôtesse servit de la citrouille à Vasquez)

Vasquez :

Merci madame.

(Vasquez mangea tout)

Vasquez :

C'était trop bon.

(3 minutes plus tard)

La voix :

Chers voyageurs, nous sommes arrivés à destination.

Vasquez :

Parfait.

La voix :

Chers voyageurs, nous sommes arrivés à destination et vous pouvez vous détacher et prendre vos bagages et sortir.

(Vasquez se détacha)

(Vasquez se leva)

(Vasquez prit ses bagages)

(Vasquez partit de l'avion)

(Vasquez prit la passerelle)

(Vasquez arriva à l'aéroport)

Vasquez :

Ah enfin, je suis enfin arrivé.

(Vasquez pris son téléphone)

Vasquez en regardant son téléphone :

Alors… un taxi, yes ! Mais je dois marcher un peu.

(Vasquez sortit de l'aéroport)

Vasquez :

Taxi !

(Il y avait un taxi qui s'était arrêté)

(Vasquez monta dans le taxi)

Vasquez :

Bonjour monsieur, je voudrais aller dans l'hôtel le plus proche s'il vous plaît.

Le boudi :

D'accord ça marche.

(Le boudi démarra et partit)

Vasquez :

Parfait.

Le boudi :

Nous arriverons, s'il n'y a pas de bouchon, dans 2 minutes ; sinon c'est 30 minutes.

Vasquez :

Parfait à part s'il y a des bouchons.

(Vasquez prit son téléphone)

(Vasquez regarda la météo)

Vasquez en regardant la météo sur son téléphone :

29° c'est énorme !

Vasquez :

Heu… monsieur je voudrais de la musique s'il vous plaît.

Le Boudi :

Bien-sûr, mais il n'y a plus de réseaux. On a quitté la ville.

Vasquez :

Comment ça quitté la ville !

Le Boudi :

Je bluffe iii.

Vasquez :

Sérieusement.

Le Boudi :

Bah ouais.

(Vasquez leva les yeux en l'air)

Vasquez :

Au lala... il est con...

Le Boudi :

Heu... j'ai entendu.

Vasquez :

Je sais, c'était fait exprès.

Le Boudi :

Méchant !!!

Vasquez :

Qu'est-ce-que tu as dit ?

Le Boudi :

Heu... j'ai dit que je préférais les raviolis aux pâtes.

Vasquez :

Tu en es bien sûr ?

Le boudi :

Bah oui j'en suis sûr.

Vasquez :

D'accord, mais on est arrivé dans combien de temps, en fait ?

Le boudi :

Nous sommes arrivés dans 2 minutes.

Vasquez :

C'est bien ça.

Le Boudi :

Ouais je sais.

Vasquez :

Bon bah, n'en fait pas trop non plus !

Le boudi :

Bah non.

Vasquez :

Bah si, parce que le client a toujours raison.

Le boudi :

Des fois oui, mais des fois non.

Vasquez :

Vous voulez peut-être que je mette une mauvaise note sur votre site au lieux de 5, il y aura que 4 étoiles...

Le boudi :

Non.

Vasquez :

Et bah, tu vois c'est pas très compliqué.

Le boudi :

On n'y est dans 1 minute.

Vasquez :

Ça, c'est bien.

(1 minute plus tard)

Le boudi :

On est arrivé à destination.

Vasquez :

Et bah ! C'est pas trop tôt. Enfin !

(Vasquez sortit de la voiture)

(Le boudi sortit de la voiture aussi)

(Il alla derrière la voiture)

(Le boudi ouvrit le coffre de la voiture)

(Il prit la valise de Vasquez)

(Et ils entrèrent dans l'hôtel)

(Vasquez alla à l'accueil)

Vasquez :

Bonjour Madame. Je voudrais avoir une chambre s'il vous plaît.

La boudi :

Bien sûr monsieur, ce sera la chambre 2A.

Vasquez :

Merci madame.

(Vasquez paya le boudi)

(Le boudi partit)

(Vasquez paya la chambre)

(La boudi donna les clés à Vasquez)

Vasquez :

Merci madame.

(Vasquez prit les clés de la chambre)

(Vasquez alla vers les escaliers)

(Vasque monta les escaliers)

(2 minutes plus tard)

(Vaquez arriva à sa chambre)

Vasquez :

Parfait.

(Vasquez ouvrit sa chambre)

(Vasquez rentra dans sa chambre)

(Vasquez ferma à clé derrière lui)

Vasquez :

Bon bah, moi, je vais aller dormir.

(Vasquez dormit)

(Le lendemain matin)

(Vasquez se réveilla)

(Vasquez s'habilla)

(Vasquez sortit)

(Vasquez ferma la porte à clé)

(Vasquez sorti de l'hôtel)

(Vasquez monta dans sa voiture)

(Vasquez démarra et parti)

Vasquez :

Allez, on va à Pékin.

(5 minutes plus tard)

(Vasquez vit un panneau avec l'inscription - Bienvenue à Pékin - en chinois avec une traduction en dessous en français)

Vasquez en lisant le panneau :

Bienvenue à Pékin.

(Vasquez trouva une place)

(Vasquez se gara)

(Vasquez sortit de la voiture)

(Vasquez ferma sa voiture à clé)

(Vasquez prit son téléphone)

Vasquez en regardant son téléphone :

Alors… où est le centre-ville ? Bingo !!

Les gens :

Il y a un bingo !

Vasquez :

Bah non.

Les gens :

Pff ! Connard !!

Vasquez :

À ouais ? bon bah, on va voir ça pétasse !!

(Et Vasquez partit en courant)

(25 minutes plus tard)

Vasquez :

Et bah enfin. C'est pas trop tôt.

(Vasquez regarda autour de lui)

Vasquez :

Mais il n'y a personne ici c'est la loose !

(Vasquez regarda son téléphone)

(Il était 11:59)

(1 minute plus tard)

(Il était 12 :00)

(Vasquez entendit du bruit arriver)

Vasquez :

Ça c'est bizarre.

 (Vasquez vit les gens arriver)

Vasquez :

Ça, c'est parfait.

(Vasquez se cacha dans une petite ruelle)

Vasquez :

C'est parfait. Ici je ne vais pas bouger. Je vais tuer des gens avec mon sniper.

(Vasquez pris son sniper)

(Vasquez se mit à l'aise… pour tuer)

(Vasquez visa un boudi)

(Il tira dans la tête)

(le boudi mourut)

(tout le monde pleurait)

(Tout le monde courrait partout)

Vasquez :

Ça, c'est du bon. Mais, mais, mais où elles sont mes balles ? J'en ai plus… bon bah, je vais mettre mon déguisement.

(Vasquez s'habilla en dame rouge comme tous les soirs)

Vasquez :

Parfait, je vais sortir mon arme à feu.

(Tout d'un coup Vasquez sortit de son coin)

(Et tout le monde se mit à crier encore plus fort)

(Vasquez sortit le lance flamme)

(Il y avait plein de gens cramés et morts)

Vasquez en criant :

Je vais tous vous buter.

(Les gens criaient)

Vasquez :

C'est çà ouais mourrez. Boh, j'ai plus de feu mais j'ai une mitraillette.

(Vasquez sorti sa mitraillette)

Les gens en criant :

IIIIIIIIII.

(Vasquez butta le tier)

Vasquez en criant :

Unité Gamma.

(Les unités Gamma arrivèrent)

(Les gens courraient)

(Vasquez mis des murs géants en métal dans tout le centre-ville)

(Les gens crièrent encore plus fort)

(Tout le monde qui était au centre-ville mourra)

Vasquez :

Mission finie. Mais maintenant, vous allez dans tous les pays du monde, sauf la Russie et le Japon. Au Japon, il n'y a que du gaz que j'ai fait moi-même.

Les unités Gamma :

Ok chef.

(Les Unités Gamma partirent)

(Vasquez regarda autour de lui)

(Tout avait été ravagé par Vasquez et les unités Gamma)

(Vasquez partit aussi)

(Vasquez enleva sa cape rouge et la cacha dans son sac avec ses armes)

Vasquez :

C'était magnifique cette journée.

(Vasquez alla vers les cités)

(25 minutes plus tard)

(Vasquez arriva dans les cités)

Vasquez :

Les cités, ouais c'est bien çà, c'est parfait je vais tous les buter.

(Vasquez rentra dans une cité)

(Vasquez monta les escaliers)

(Vasquez arriva au premier étage)

Vasquez :

Parfait.

(Vasquez sortit son révolver)

(Vasquez alla au premier appartement)

Vasquez :

Ne bougez plus.

(Il n'y avait personne)

Vasquez :

C'est quoi ces conneries.

(Vasquez chercha partout)

(Il n'y avait personne)

(Et même pas d'argent)

Vasquez :

Boh, c'est nul.

(Vasquez sortit de l'appartement)

(Vasquez prit plusieurs grenades)

(Vasquez lança plein de grenades dans tous les appartements)

(Vasquez ferma toutes les portes ouvertes et partit en se bouchant les oreilles)

(Tous les appartements furent détruits)

Vasquez :

Parfait, mais je vais faire péter tous les immeubles de cette ruelle.

(Vasquez mis plein de bombes dans tous les immeubles)

(Vasquez se cassa)

Vasquez en faisant geste diabolique avec les mains :

Enfin, enfin, mon plan marche…

Enfin, comme tous les autres.

(Vasquez partit)

Vasquez :

Je suis trop un génie.

(Vasquez partit de la rue)

Vasquez :

C'est parfait.

(Vasquez prit son téléphone)

(Il était 16 :12)

Vasquez :

Je vais rentrer à l'hôtel.

(Vasquez partit)

(Vasquez vit une voiture)

(Vasquez cassa la fenêtre)

(Vasquez ouvrit la porte)

(Vasquez ferma la porte derrière lui)

(Vasquez démarra et partit)

Vasquez :

J'ai hâte de rentrer.

(20 minutes plus tard)

(Vasquez vit un panneau avec écrit en chinois Pékin avec une croix rouge et traduit en Français)

Vasquez :

Parfait.

(Vasquez sortit de Pékin)

(Vasquez mit la radio)

La radio :

Bonjour tout le monde ! Au Japon tout le monde est mort à cause de la dame Rouge et le Japon

est devenu inhabitable. On a su que la dame rouge était en Asie. On sait aussi que la dame

rouge a envoyé ses unités Gamma partout dans le monde. Je vous souhaite une très bonne journée,

au revoir et bonne chance.

Vasquez :

Ouais je sais AAA.

(5 minutes plus tard)

(Vasquez arriva à son hôtel)

Vasquez :

5 minutes c'est pas beaucoup dis donc.

(Vasquez sortit de la voiture)

(Vasquez ferma derrière lui)

(Vasquez ferma à clé)

(Vasquez rentra dans l'hôtel)

(Vasquez monta les escaliers)

(Vasquez arriva à sa chambre)

(Vasquez rentra dans sa chambre)

(Vasquez ferma à clé derrière lui la porte de sa chambre)

(Vasquez s'endormit)

(Le lendemain matin)

(Vasquez se réveilla)

Vasquez en baillant, avant de parler et en même temps qu'il levait les bras en l'air :

J'ai bien dormi hier soir.

(Vasquez regarda sa table de nuit)

(Vasquez pris son téléphone qui était sur la table de nuit)

(Il était 8:30)

Vasquez :

Bon bah, je vais me lever.

(Vasquez se leva)

(Vasquez s'habilla)

(Vasquez sortit de sa chambre et ferma à clé derrière lui)

(Vasquez sortit de l'hôtel)

(Vasquez ouvrit la voiture)

(Vasquez alla dans la voiture)

(Vasquez ferma la porte de la voiture)

(Vasquez démarra la voiture)

(Vasquez partit)

Vasquez :

Allez, je vais à Pékin.

(Vasquez ouvrit la fenêtre)

(Vasquez mit la radio)

La radio :

Nous n'avons pas encore d'informations pour ce matin bonne journée et au revoir.

(Vasquez éteignit la radio)

(5 minutes plus tard)

(Vasquez vit un panneau en chinois mais avec la traduction en dessous en Français où il était écrit bienvenue à Pékin)

Vasquez :

Ça, c'est bien.

(Vasquez mit l'itinéraire pour aller dans le sud de Pékin)

Le GPS :

Tournez à droite.

(Vasquez tourna à droite)

Le GPS :

Continuer tout droit pendant 1 km.

(1 km plus tard)

Le GPS :

Tournez à droite.

(Vasquez tourna à droite)

Le GPS :

Vous êtes arrivés à destination dans 2 minutes.

Vasquez :

Ça, c'est parfait.

(2 minutes plus tard)

Le GPS :

Vous êtes arrivés à destination.

Vasquez :

Parfait.

(Vasquez se gara)

(Vasquez sortit de la voiture)

(Vasquez ferma la portière)

(Vasquez ferma la voiture à clé)

(Vasquez partit)

(Vasquez alla dans une petite ruelle)

(Vasquez sortit son flingue)

(Vasquez ne vit personne)

Vasquez :

C'est nul ici !!!

(Vasquez s'avançait)

(Tout d'un coup, Vasquez entendit de la musique)

(Vasquez courut)

(2 minutes plus tard)

(Vasquez vit une lumière)

(Vasquez arriva au bout de la rue)

(Et Vasquez vit une fête avec plein de gens)

(Vasquez voyait que la ruelle descendait beaucoup)

(Vasquez prit son sniper)

(Vasquez s'allongea)

(Vasquez mit son œil sur le viseur)

(Vasquez visa la tête d'un boudi)

(Vasquez tira)

(Le boudi mourut sur le coup)

(Tout le monde paniqua)

(Vasquez tira sur 5 personnes)

Vasquez :

Merde il n'y a plus de balles.

(Vasquez posa son sniper)

(Vasquez s'habilla en dame rouge)

(Vasquez prit sa mitraillette)

(Vasquez descendit jusqu'à la fête donc en bas)

(Les gens paniquaient)

(Vasquez tira sur pratiquement tout le monde)

Vasquez :

Bande de cons.

(Vasquez n'avait plus de balles)

(Vasquez rechargea sa mitraillette)

(Vasquez buta tout le monde)

Vasquez :

Bon bah, il n'y a plus personne.

(Vasquez partit vers la petite ruelle par où il était venu)

Vasquez :

Parfait.

(30 minutes plus tard)

(Vasquez sortit de la petite ruelle)

Vasquez :

Enfin.

(Vasquez vit un supermarché)

(Vasquez prit sa mitraillette)

(Vasquez rechargea sa mitraillette)

(Vasquez rentra dans le supermarché)

Vasquez en criant :

On ne bouge plus.

(Tout le monde leva les mains en l'air)

(Vasquez alla vers la caisse)

Vasquez :

Donnez-moi le fric sinon je vais tous vous buter.

Le boudi :

D'accord... je vais vous le donner.

(Le boudi appuya sur le bouton de sécurité)

Vasquez en criant :

Qu'est-ce que vous avez fait ?

Le boudi en bougeant les yeux de la droite et vers la gauche :

Heu... rien du tout.

Vasquez :

Tu te fous de ma gueule quoi ?

(Vasquez le prit juste avant qu'il ne parle)

(Vasquez trouva une pièce à l'arrière et alla dedans le boudi adulte)

(Vasquez et le boudi rentrèrent dans la pièce, là où personne ne pouvait les entendre)

(5 minutes plus tard)

(Vasquez sortit de la pièce avec du sang sur la main)

(Les gens étaient choqués)

Vasquez :

Pas de questions ?

Les gens en haussant la tête :

Oui...

Vasquez :

Je vais vous buter quand même... tous vous buter.

Les gens en haussant la tête de droite à gauche :

Non...

Vasquez :

D'accord mais je vais le faire quand même.

Un boudi :

Mais pourquoi.

Vasquez :

Parce que je suis méchant.

(Vasquez buta pratiquement tout le monde)

(Tout le monde criait... enfin ce qui étaient encore en vie)

(1 minute plus tard)

(Vasquez buta tout le monde)

(Vasquez alla vers la caisse du supermarché)

(Vasquez prit tout l'argent de la caisse et le mit dans un sac à lui)

Vasquez :

Parfait.

(Vasquez partit du supermarché)

Vasquez :

Superbe journée aujourd'hui ; mais c'est pas fini.

(Vasquez prit des truc à feux)

Vasquez :

Je vais le bruler.

(Vasquez lança des sortes de grenade en feu dans le supermarché)

(Le supermarché brula)

Vasquez :

Parfait.

(Vasquez partit)

(Vasquez vit une voiture)

(Vasquez cassa la fenêtre de la voiture)

(Vasquez ouvrit la voiture)

(Vasquez démarra et partit)

Vasquez :

Je vais détruire des choses encore… AAA.

(Vasquez prit des grenades et les lança sur chaque maison, immeuble, magasin de la ruelle où il était)

(2 minutes plus tard)

(Vasquez sortit de la ruelle)

(Vasquez mit la radio)

La radio :

Bonjour tout le monde, La Dame Rouge, elle détruit tout sur son chemin en Chine. Et la Russie est avec, donc alliée, et on va essayer de les en empêcher. La Dame Rouge a détruit un supermarché. Ce sera tout pour aujourd'hui - bonne journée, au revoir. Et faîtes attention, la dame rouge si elle peut détruire un pays avec du gaz, elle peut aussi vous tuer... faite attention, au revoir.

Vasquez :

Salope.

(Vasquez sortit de Pékin)

Vasquez :

Et bah, enfin c'est pas trop tôt.

(5 minutes plus tard)

(Vasquez arriva à l'hôtel)

(Vasquez sortit de la voiture)

(Vasquez ferma la portière derrière lui)

(Vasquez la ferma à clé)

(Vasquez rentra dans l'hôtel)

(Vasquez monta les escaliers)

(Vasquez arriva à son étage)

(Vasquez marcha vers la droite)

(Vasquez arriva dans sa chambre)

(Vasquez rentra dans sa chambre)

(Tout était dévasté)

(Vasquez vit inscrits des mots comme : tu vas me le payer cher ! Je sais que c'est toi la Dame rouge ! Connard ! Fils de pute ! Tu es Vasquez aussi...)

Vasquez :

Mais c'est quoi ces conneries ? quelqu'un me menace ? Ça craint du boudin ici.

(Vasquez alla dans la salle de bain)

(Pareil dévastée)

(Vasquez lu qu'il était écrit sur le miroir : je connais ton secret et tout ce que tu as fait)

Vasquez :

C'est affreux ici, je devrai partir. Non ce bouffon ne me fait pas peur. Pff connard va... fils de pute.

(Vasquez pris son téléphone)

(Il était 21:02)

Vasquez :

Ho, je devrais aller me coucher parce que demain je me lève à 2:00 du matin.

(Vasquez alla dans la salle de bain)

(10 minutes plus tard)

(Vasquez sortit de la salle de bain)

(Vasquez ne voyait plus sa cape)

Vasquez :

Mais c'est quoi ces conneries ?

(Vasquez vit un morceau de papier mais tout petit comme si on l'avait déchiré)

(Vasquez alla vers le papier)

(Vasquez se baisa)

(Vasquez prit le papier)

(Vasquez se remit debout)

Vasquez en lisant à voix basse, mais qu'on entent comme dans les films, puisque c'est un film :

Tu vas me le payer cher, connard. Je ne suis pas très loin. Et en plus, j'ai ton assistant en otage. Alors, tu vas aller dehors devant l'hôtel, demain matin à 8:00 pile. Et si tu n'y es pas, je torture ton assistant. Ho et aussi, j'ai libéré Joe Biden car c'est mon meilleur ami ; donc connard. Signé quelqu'un.

Vasquez :

Ho non, mais demain je vais y aller pour tuer des gens.
Boh…

(Vasquez alla dans la salle de bain)

(Il y avait deux empreintes de la même chaussure)

Vasquez :

Connard, c'est pas bien ce qu'il a fait.

(Vasquez alla dormir)

(Le lendemain matin)

(Vasquez se leva)

(Vasquez prit son téléphone)

(Vasquez l'alluma)

(Il était 7 :40)

(Vasquez se leva)

(Vasquez s'habilla)

(Vasquez mit ses chaussures)

(Et Vasquez sortit de sa chambre)

(Vasquez descendit les escaliers)

(Vasquez arriva au rez-de-chaussée)

(Vasquez prit son téléphone)

(Vasquez l'alluma)

(Il était 7:58)

(1 minute plus tard)

(Vasquez sortit de l'hôtel)

(Vasquez prit son téléphone)

(Vasquez l'alluma)

(Il était 7:59)

(Il n'y avait personne)

(Vasquez regarda autour de lui)

(Vasquez prit son téléphone)

(Vasquez l'alluma)

(Il était 8:00)

Vasquez :

Mais qu'est-ce qu'il fout le mec.

(Vasquez vit une voiture passer)

Vasquez :

C'est pas lui.

(Vasquez entendit du bruit)

Vasquez :

C'est lui ? Non, enfin je ne sait pas.

(Vasquez regarda autour de lui)

(Vasquez vit une voiture arriver vers lui)

Vasquez :

C'est lui.

(La voiture se gara)

Vasquez :

Je suis stressé.

(La portière s'ouvrit, et c'était Jeff)

Vasquez :

Jeff. Alors c'était toi.

Jeff :

Oui c'était moi.

Vasquez :

Mais pourquoi. Pourquoi toi, mon meilleur amis on a même été alliés.

Jeff :

Parce que il faut qu'il n'en reste que 1, mec.

(Jeff prit son flingue)

Jeff :

Au revoir connard.

Vasquez :

Non, mon pote ne fait pas ça.

Jeff :

Au si.

(Et tira sur Vasquez)

(Vasquez tomba par terre)

(Jeff souffla sur son flingue)

Loi n°49-956 du 16 juillet 1949 sur les publications
destinées à la jeunesse, modifiée par la loi n°2011-525
du 17 mai 2011.

© 2023 Karl PEKAR
Édition : BoD – Books on Demand, info@bod.fr
Impression : BoD – Books on Demand, In de Tarpen 42,
Norderstedt (Allemagne)
Impression à la demande
ISBN : 978-2-3224-9976-2
Dépôt légal : Novembre 2023